W0408821

Oscar Wilde

Das Gespenst von Canterville

Oscar Wilde

Das Gespenst von Canterville

und andere Märchen

Aus dem Englischen
von Richard Zoozmann

Anaconda

Titel der englischen Originalausgaben: *The Canterville Ghost*, *Lord Arthur Savile's Crime* (beide London 1887, als erste Buchausgabe in: *Lord Arthur Savile's Crime, and Other Stories*, London 1891), *The Happy Prince*, *The Nightingale and the Rose*, *The Selfish Giant* (in: *The Happy Prince, and Other Tales*, London 1888). Die Übersetzung von Richard Zoozmann folgt der Ausgabe Oscar Wilde: *Erzählungen und Märchen*. Berlin: Th. Knaur Nachf. [um 1925] und wurde von Kai Kilian überarbeitet. Orthografie und Interpunktion wurden der neuen deutschen Rechtschreibung angepasst.

Die Deutsche Nationalbibliothek verzeichnet diese Publikation in der Deutschen Nationalbibliografie; detaillierte bibliografische Daten sind im Internet unter http://dnb.d-nb.de abrufbar.

© 2008 Anaconda Verlag GmbH, Köln
Alle Rechte vorbehalten.
Umschlagmotiv: Jonathan Barry, »The Spectral Horseman« (1994), Private Collection / bridgemanart.com
Umschlaggestaltung: agilmedien, Köln
Satz und Layout: GEM mbH, Ratingen
Printed in Czech Republic 2008
ISBN 978-3-86647-244-0
info@anaconda-verlag.de

Inhalt

Das Gespenst von Canterville

I

Als Mr Hiram B. Otis, der amerikanische Gesandte, Schloss Canterville kaufte, sagte man allgemein, dass er töricht gehandelt habe, denn es sei kein Zweifel, dass es im Schloss spuke.

Selbst Lord Canterville, der ein Mann von peinlicher Ehrlichkeit war, hielt es für seine Pflicht, diese Tatsache Mr Otis gegenüber zu erwähnen, als sie über die Kaufbedingungen sprachen.

»Wir haben selbst nicht mehr im Schloss gewohnt«, sagte Lord Canterville, »seitdem meine Großtante, die verwitwete Herzogin von Bolton, einen furchtbaren Nervenschock erlitt, von dem sie sich nicht mehr erholte, weil sich ihr zwei Totenhände auf die Schulter legten, als sie sich gerade zum Diner ankleiden wollte. Und ich fühle mich verpflichtet, es Ihnen zu sagen, Mr Otis, dass das Gespenst tatsächlich noch jetzt von mehreren lebenden Mitgliedern meiner Familie gesehen wird, ebenso wie auch vom Pfarrherrn unserer Gemeinde, dem Reverend Augustus Dampier, der im King's College, Cambridge, seinen Doktor gemacht hat. Nach dem unglückseligen Zufall mit der Herzogin wollte keiner unserer Dienstboten mehr bei uns bleiben und meine Frau konnte seitdem des Nachts sehr oft kaum schlafen wegen der geheimnisvollen Geräusche, die aus dem Korridor und aus der Bibliothek herüberkamen.«

»Mein Herr«, antwortete der Minister, »ich nehme die Einrichtung und den Geist zum Taxwert. Ich komme aus einem modernen Land, wo man alles haben kann, was für Geld zu kaufen ist, und da unsere jungen Leute sehr smart und hurtig sind und Ihnen die besten Tenöre und Primadonnen entführen, so nehme ich an, dass wir ein Gespenst, falls es so etwas wirklich in Europa gäbe, in kürzester Zeit bei uns zu Hause entweder bei Barnum oder in einer Schaubude auf dem Jahrmarkt zu sehen bekämen.«

»Ich fürchte, das Gespenst existiert wirklich«, sagte Lord Canterville lächelnd. »Wenn es auch bisher den Lockkünsten Ihrer unternehmenden Impresarios widerstanden hat, so ist es doch seit drei Jahrhunderten wohlbekannt, genauer gesagt seit dem Jahr 1584: Und es erscheint immer, kurz bevor irgendein Mitglied der Familie sterben soll.«

»Nun, das pflegt sonst der Hausarzt zu tun, Lord Canterville; aber es gibt ja gar keine Gespenster und ich glaube nicht, dass die Naturgesetze zugunsten der englischen Aristokratie aufgehoben sind.«

»Sie denken offenbar sehr aufgeklärt in Amerika«, antwortete Lord Canterville, der die letzte Bemerkung des Mr Otis wohl nicht ganz begriffen hatte, »und wenn ein Gespenst im Haus Sie nicht weiter kümmert, so ist ja alles in Ordnung. Nur bitte ich Sie, nicht zu vergessen, dass ich Sie gewarnt habe.«

Einige Wochen später war der Kauf abgeschlossen und gegen Ende der Saison bezog der Gesandte mit seiner Familie das Schloss Canterville. Mrs Otis, die als Miss Lucretia R. Tappan (West 53. Straße) für eine berühmte New Yorker Schönheit gegolten hatte, war nun eine sehr hübsche Frau in den besten Jahren, mit klugen Augen und einem untadeligen Profil. Viele amerikanische Damen nehmen, wenn sie ihr Heimatland verlassen, den Schein einer chronischen Kränklichkeit an und tun so, als sei dies ein Zeichen verfeinerter europäischer Kultur; aber Madame Otis war nie in diesen Irrtum verfallen. Sie hatte eine außerordentliche Gesundheit und einen wirklich staunenswerten Unternehmungsgeist. In vieler Hinsicht war sie ganz und gar englisch und bot so ein ausgezeichnetes Beispiel für die Tatsache, dass wir heute mit Amerika wirklich alles gemeinsam haben, natürlich mit Ausnahme der Sprache. Ihr ältester Sohn, den die Eltern in einem Anfall von Patriotismus Washington getauft hatten, was er Zeit seines Lebens nie zu bedauern aufgehört hatte, war ein blondhaariger, nett aussehender junger Mann, der sich insofern für den diplomatischen Dienst vorbereitete, als er in drei aufeinanderfolgenden Saisons den Kotillon im Kasino von Newport arrangierte und sogar in London als ausgezeichneter Tänzer bekannt war. Gardenien und die Peerswürde waren seine einzigen Schwächen. Sonst war er außerordentlich verständig. Miss Virginia E. Otis war ein kleiner Backfisch von fünfzehn Jahren, biegsam und reizend wie ein Reh und mit einer entzückenden Klarheit in den großen blauen Augen. Sie war eine wundervolle Amazone und hatte einmal mit dem alten Lord Bilton auf ihrem Pony ein Wettrennen veranstaltet: zweimal um den Park herum, und sie hatte das Rennen mit anderthalb Pferdelängen gewonnen, gerade vor der Achillesstatue, zum großen Entzücken des jungen Herzogs von Cheshire, der auf der Stelle um ihre Hand anhielt und in derselben Nacht, in Tränen gebadet, von seinem Hofmeister nach Eton in seine Schule zurückgeschickt wurde. Nach Virginia kamen die Zwillinge, die man gewöhnlich *das Sternenbanner* nannte, weil sie immer geschwenkt, das heißt bestraft wurden. Es waren entzückende Bengels und, mit Ausnahme des ehrwürdigen Gesandten, die einzig wahren Republikaner in der Familie.

Da Schloss Canterville sieben Meilen weit weg von der nächsten Eisenbahnstation Ascot liegt, hatte Mr Otis nach dem Wagen telegrafiert und sie fuhren in bester Laune ab.

Es war ein entzückender Juliabend und die Luft war voll vom würzigen Geruch der Fichtenwälder. Dann und wann hörte man eine Waldtaube, die sich an ihrer eigenen Stimme ergötzte, oder man sah am Weg, tief im raschelnden Farn, die glänzende Brust eines Fasans auftauchen. Kleine Eichhörnchen blinzelten von den Buchen herunter und die wilden Kaninchen stoben durch das Unterholz davon, über die moosigen Hügelchen hinweg, die weißen Stummelschwänzchen hoch in der Luft tragend. Als der Wagen in die Schlossallee einbog, bedeckte sich der Himmel plötzlich mit Wolken und mit einem

Mal lag eine merkwürdige Stille in der Luft. Ein großer Schwarm Krähen ging schweigend über die Häupter der Familie hinweg, und ehe man noch das Haus erreichte, fielen einzelne schwere Regentropfen.

Auf den Stufen stand eine alte Frau, um die Herrschaften zu empfangen, sauber in schwarze Seide gekleidet, mit einem weißen Häubchen und einer Schürze angetan. Das war Mrs Umney, die Haushälterin, die Mrs Otis auf Lady Cantervilles Bitte hin in ihrer früheren Stellung belassen hatte. Sie machte den Herrschaften, als sie ausstiegen, der Reihe nach einen tiefen Knicks und sagte in eigentümlicher altmodischer Art: »Ich heiße Sie willkommen auf Schloss Canterville.« Man folgte ihr ins Haus und ging durch die alte schöne Tudorhalle in die Bibliothek, ein langes, niederes Zimmer, mit schwarzem Eichenholz getäfelt, an dessen Ende ein großes Fenster aus buntem Glas war. Hier war der Tee für sie gedeckt, und nachdem alle ihre Mäntel abgelegt hatten, setzten sie sich nieder und begannen sich umzuschauen, während Mrs Umney sie bediente.

Plötzlich erblickte Mrs Otis einen großen dunkelroten Fleck auf dem Fußboden, gerade vor dem Kamin, und ohne auch nur zu ahnen, was der Fleck bedeutete, sagte sie zu Mrs Umney: »Ich glaube fast, hier ist etwas verschüttet worden.«

»Ja, Madame«, antwortete die alte Haushälterin mit leiser Stimme, »Blut ist hier vergossen worden.«

»Wie schrecklich«, rief Mrs Otis, »ich mag aber keinen Blutfleck in meinem Salon. Der Fleck muss sofort entfernt werden!«

Die alte Frau lächelte und antwortete mit derselben geheimnisvollen Stimme: »Es ist das Blut von Lady Eleonore Canterville, die hier auf diesem Fleck von ihrem eigenen Gatten, Sir Simon de Canterville, im Jahre 1575 ermordet wurde. Sir Simon überlebte sie noch neun Jahre und verschied dann plötzlich unter sehr merkwürdigen Umständen. Sein Leichnam wurde nie aufgefunden, aber sein schuldiger Geist spukt noch im Schloss. Der Blutfleck ist von Reisenden und anderen Leuten schon oft bewundert worden und es ist ganz unmöglich, ihn zu entfernen.«

»Das ist ja alles Unsinn!«, rief Washington Otis. »Pinkertons Blitzblank-Universalputzmittel und Fleckentferner wird damit schon bald fertig werden.« Und ehe es die entsetzte Haushälterin verhindern konnte, lag er schon auf den Knien und rieb den Boden mit einem kleinen Stift, der wie schwarze Bartwichse aussah. Einen Augenblick später war von dem Blutfleck keine Spur mehr zu sehen.

»Ich wusste es ja, Pinkerton würde seine Schuldigkeit tun!«, rief er triumphierend und sah sich im Kreis der bewundernden Familie um, aber kaum hatte er diese Worte gesagt, als ein greller Blitz das dunkle Zimmer erleuchtete und ein schrecklicher Donnerkrach alles zu Boden warf. Mrs Umney fiel in Ohnmacht.

»Was für ein schreckliches Klima!«, sagte der amerikanische Gesandte ruhig und zündete sich eine neue Zigarre an. »Ich fürchte fast, die alte Welt ist so übervölkert, dass es hier nicht mehr genug anständiges Wetter für jeden gibt. Ich war schon immer der Meinung, dass Auswanderung für England unbedingt notwendig sei!«

»Mein teurer Hiram«, sagte Frau Otis, »was kann man nur mit einer Frau anfangen, die in Ohnmacht fällt?«

»Stell es ihr in Rechnung wie zerbrochenes Geschirr«, sagte der Gesandte. »Du wirst sehen, sie wird dann nicht mehr in Ohnmacht fallen.«

Einige Augenblicke später kam Mrs Umney wieder richtig zu sich, aber sie war ohne Zweifel außerordentlich aufgeregt und warnte Mr Otis vor einem Unglück, das über das Haus kommen müsse.

»Ich habe mit meinen Augen Dinge gesehen, Sir, die einem jeden Christenmenschen die Haare sträuben machen, und viele, viele Nächte hindurch habe ich kein Auge zugetan wegen der schrecklichen Dinge, die sich hier abspielen.« Doch Mr Otis und seine Gattin versicherten der ehrlichen Seele, dass sie sich vor Gespenstern gar nicht fürchteten; und nachdem die Haushälterin den Segen der Vorsehung auf ihre neue Herrschaft und um Erhöhung ihres Gehalts gebeten hatte, schlich sie zitternd auf ihr Zimmer.

2

Der Sturm wütete heftig die ganze Nacht hindurch, aber es ereignete sich sonst nichts Besonderes. Als die Herrschaften jedoch am nächsten Morgen zum Frühstück herunterkamen, fanden sie den schrecklichen Blutfleck wieder auf dem Boden. »Paragons Fleckentferner kann unmöglich die Schuld haben«, sagte Washington, »denn ich habe ihn wiederholt erprobt: Es muss das Gespenst dahinterstecken.« Er rieb daher den Fleck ein zweites Mal fort, aber am nächsten Morgen war er wieder da. So auch am dritten Morgen, obwohl Mr Otis selbst die Bibliothek am Abend versperrt und den Schlüssel mitgenommen hatte. Die ganze Familie war voll Interesse für diese Sache. Mr Otis begann anzunehmen, dass er im Ableugnen des Vorhandenseins von Gespenstern denn doch zu schroff gewesen sei. Mrs Otis sprach die Absicht aus, sich der *Psychical Society* anzuschließen, und Washington bereitete einen langen Brief vor an die Herren Myers und Pedmore über die Unauslöschlichkeit blutiger Flecke, wenn sie mit einem Verbrechen zusammenhängen. In derselben Nacht aber wurden ihnen endgültig alle Zweifel an der objektiven Existenz von Gespenstern genommen.

Der Tag war warm und sonnig gewesen und in der Abendkühle fuhr die ganze Familie spazieren. Sie kamen nicht vor neun Uhr nach Hause und nahmen ein leichtes Nachtmahl ein. Das Gespräch berührte Gespenster in keinerlei Weise, sodass nicht einmal die Grundbedingungen jener erwartungsvollen

Aufnahmefähigkeit vorhanden waren, die sehr oft dem Erscheinen psychischer Phänomene vorangehen. Die Gesprächsstoffe, wie ich seitdem von Mr Otis selbst gehört habe, waren durchgängig die gleichen, wie sie die gewöhnliche Konversation der gebildeten Amerikaner der besseren Klasse beherrschen: so zum Beispiel die riesige Überlegenheit der Miss Fanny Davenport gegenüber Sarah Bernhardt in Sachen Schauspielerei; die Schwierigkeit, selbst in den besten englischen Häusern Buchweizenkuchen und Maisbrei zu erhalten; die Bedeutung von Boston in Hinsicht auf die Entwicklung der Weltseele; die Vorzüge der Freigepäckscheine auf Reisen; und die angenehme Feinheit des New Yorker Akzents im Vergleich mit dem gedehnten Londoner Zungenschlag. Übernatürliches wurde mit keiner Silbe erwähnt und keinem fiel es ein, in irgendeiner Weise auf Sir Simon de Canterville anzuspielen. Um elf Uhr zog sich die Familie zurück und um halb zwölf waren alle Lichter ausgelöscht. Einige Zeit später wurde Mr Otis durch ein merkwürdiges Geräusch im Korridor vor seiner Tür geweckt. Es klang wie das Geklirr von Metall und schien mit jedem Augenblick näher zu kommen. Der Gesandte erhob sich sofort, zündete ein Streichholz an und sah nach der Zeit. Es war genau ein Uhr. Er war ganz ruhig und befühlte seinen Puls, der durchaus nicht fiebrig war. Das merkwürdige Geräusch hielt an und gleichzeitig hörte er deutlich den Klang von Schritten. Er schlüpfte in seine Pantoffeln, nahm eine lange, schmale Bleitube von seinem Toilettentisch und öffnete die Tür. Da sah er sich gerade gegenüber im blassen Mondlicht einen alten Mann von ganz schrecklichem Aussehen stehen. Seine Augen waren wie rot glühende Kohlen, langes, graues Haar fiel in geflochtenen Locken über seine Schultern, seine Kleider von uraltem Schnitt waren schmutzig und zerrissen und an seinen Hand- und Fußgelenken hingen schwere rostige Fesseln.

»Mein bester Herr«, sagte Mr Otis, »ich muss Sie wirklich dringend bitten, Ihre Ketten ein bisschen zu schmieren, und habe Ihnen zu diesem Zweck eine kleine Flasche von Tammanys ›Sonnenschein-Schmieröl‹ mitgebracht. Man behauptet, es wirke schon bei einmaliger Anwendung sofort, und auf der Umhüllung findet sich der Abdruck einer ganzen Reihe von vorzüglichen Attesten unserer heimischen Koryphäen. Ich lege Ihnen die Tube hier neben das Licht auf den Nachttisch und werde Ihnen mit Vergnügen noch mehr liefern, wenn Sie es benötigen.« Mit diesen Worten legte der Gesandte der Vereinigten Staaten die Bleitube auf den Marmortisch, schloss die Tür wieder zu und ging zu Bett.

Einen Augenblick lang stand das Gespenst von Canterville in ehrlicher Entrüstung ganz bewegungslos da. Dann warf es die Tube heftig auf den Boden, floh den Korridor hinunter, stieß dumpfe Seufzer aus und verbreitete ein geisterhaftes, glühendes Licht. Und als es gerade die große Eichentreppe erreichte, flog eine Tür auf, zwei kleine, weiß gekleidete Wesen erschienen und ein großes Kopfkissen sauste schwirrend an seinem Kopf vorbei! Offenbar gab es keine Zeit zu verlieren, und so nahm der Geist rasch seine Zuflucht zur vierten Raumdimension, verschwand durch die Täfelung und das Haus wurde wieder vollkommen still.

Nachdem das Gespenst ein kleines verborgenes Zimmer im linken Flügel erreicht hatte, lehnte es sich erschöpft gegen einen Mondstrahl, um nur erst wieder zu Atem zu kommen, und versuchte dann, sich über seine Lage klar zu werden. Niemals war es in seiner glänzenden und ununterbrochenen Laufbahn von dreihundert Jahren so tief beleidigt worden! Es dachte an die Herzoginwitwe, die es bis zu Krämpfen erschreckt hatte, als sie in Spitzen und Diamanten vor dem Spiegel stand; es dachte an die vier Kammermädchen, die hysterisch wurden, wenn es sie nur durch die Vorhänge des Fremdenzimmers angrinste; es dachte an den Pfarrherrn der Gemeinde, dem es einmal die Kerze ausgeblasen hatte, als er in einer Nacht spät aus der Bibliothek kam, und der seitdem in der Behandlung Sir William Gulls stand, als ein hilfloses Opfer nervöser Störungen; es dachte an die alte Madame de Tremouillac, die, als sie eines Morgens aufwachte und sah, wie ein Skelett im Lehnstuhl saß und ihr Tagebuch las, durch einen Anfall von Hirnhautentzündung sechs Wochen lang ans Bett gefesselt war, bei ihrer Genesung sich mit der Kirche aussöhnte und jede Verbindung mit dem notorisch zweifelnden Monsieur de Voltaire abbrach. Es erinnerte sich an jene furchtbare Nacht, als der böse Lord Canterville gefunden wurde, der in seinem Ankleidezimmer halb erstickt nach Atem rang, weil ihm der Karobube im Hals steckte, und der, bevor er starb, gerade noch beichten konnte, dass er Charles James Fox beim Spiel im Crocksford's mit eben dieser Karte um fünfzigtausend Pfund Sterling betrogen habe, und er schwor, dass das Gespenst ihn gezwungen habe, diese Karte zu verschlucken. Alle seine Großtaten fielen ihm jetzt ein, angefangen vom Kammerdiener, der sich in der Küche erschoss, weil er sah, wie eine grüne Hand ans Fenster klopfte, bis zur schönen Lady Stutfield, die immer ein schwarzes Samtband um den Hals tragen musste, um die Spur von fünf Fingern zu verbergen, die dort in ihre weiße Haut eingebrannt waren, und die sich schließlich im Karpfenteich am Ende des Königswegs ertränkte. Mit der enthusiastischen Selbstliebe des wahren Künstlers ging das Gespenst alle seine berühmten Leistungen durch und lächelte bitter, als es sich seiner letzten Erscheinung als ›Roter Reuben oder der erwürgte Säugling‹, seines Debüts als ›Hagerer Gibeon, der Blutsauger vom Bexley-Moor‹ erinnerte und als es an die Furore dachte, die es an einem wundervollen Juniabend gemacht hatte, nur weil es auf einem Rasen-Tennisplatz mit seinen eigenen Knochen gekegelt hatte. Und nun kamen nach alledem diese verflixten Amerikaner und boten ihm ›Sonnenschein-Schmieröl‹ an und warfen ihm Kissen an den Kopf! Es war ganz unerträglich. Wahrhaftig, so war noch niemals ein Gespenst behandelt worden. Darum beschloss es, sich zu rächen, und blieb bis zum Morgengrauen in tiefes Nachdenken versunken.

3

Als sich Familie Otis am nächsten Morgen beim Frühstück traf, besprach man die Geistererscheinung mit einiger Ausführlichkeit. Der Gesandte der Vereinigten Staaten war natürlich ein bisschen ungehalten, als er sah, dass man sein Geschenk nicht angenommen hatte. »Ich wünsche nicht«, erklärte er, »das Gespenst irgendwie persönlich zu beleidigen, und ich muss sagen, dass ich es in Anbetracht der langen Zeit, die es jetzt schon im Haus verbringt, nicht sehr höflich finde, ihm Bettkissen an den Kopf zu werfen« – eine sehr richtige Bemerkung, die aber, dies muss ich zu meinem Leidwesen gestehen, die Zwillinge zu einem heftigen Lachen reizte – »andererseits«, fuhr er fort, »werden wir gezwungen sein, ihm seine Ketten wegzunehmen, wenn es das ›Sonnenschein-Schmieröl‹ wirklich nicht benutzen will. Es wäre ganz unmöglich zu schlafen, wenn auf dem Korridor ein solches Spektakel herrscht.«

Den Rest der Woche blieben sie übrigens ungestört und die einzige Sache, die ihre Aufmerksamkeit erregte, war die stete Wiederkehr des Blutflecks auf dem Fußboden der Bibliothek. Das war gewiss sehr sonderbar, da Mr Otis jede Nacht die Tür verschloss und die Fenster sorgfältig verriegelte. Auch die wechselnde Farbe des Flecks erregte vielerlei Vermutungen: An manchem Morgen war er von einem tiefen, fast indischen Rot, dann wieder karminrot, dann von einem satten Purpur, und als sie eines Tages herunterkamen, um dem schlichten Ritus der freien amerikanischen reformierten Kirche gemäß zu beten, fanden sie den Fleck von einem tiefen Smaragdgrün. Dieser kaleidoskopische Wechsel unterhielt die Familie natürlich sehr und jeden Abend wurden Wetten daraufhin abgeschlossen. Die

Einzige, die an keinem dieser Späße teilnahm, war die kleine Virginia, die immer aus irgendeinem unerklärlichen Grund beim Anblick des Blutflecks ziemlich aufgeregt war und beinah zu weinen begann, als er eines Morgens smaragdgrün erschien.

Die zweite Erscheinung des Geistes fand Sonntagnacht statt. Kurz nachdem alle zu Bett gegangen waren, wurden sie plötzlich durch einen furchtbaren Krach in der Halle aufgeschreckt. Sie stürzten sämtlich die Treppe hinunter und da fanden sie, dass sich eine schwere alte Rüstung von ihrem Ständer losgelöst hatte und auf die Steinfliesen gefallen war. In einem hochlehnigen Stuhl aber saß das Gespenst von Canterville und rieb sich die Knie, mit einem Ausdruck grässlichen Schmerzes im Gesicht. Die Zwillinge hatten ihre Blasrohre mitgebracht und schossen sofort zwei Kügelchen auf ihn, mit einer Zielsicherheit, die sie nur durch lange und sorgfältige Übung an ihrem Schreiblehrer gewonnen hatten. Der Gesandte der Vereinigten Staaten aber legte den Revolver auf ihn an und rief kalifornischer Sitte gemäß zu ihm hinüber: »Hände hoch!« Das Gespenst aber sprang mit einem wilden Wutschrei empor und fuhr wie ein Nebelstreif mitten durch die Familie hindurch zum Dach hinaus, wobei er noch Washingtons Kerze auslöschte und sie alle in tiefer Finsternis zurückließ. Als er oben das Treppenhaus erreicht hatte, erholte er sich wieder und beschloss, sein berühmt gewordenes dämonisches Gelächter anzustimmen, das sich ihm schon bei mancher Gelegenheit als sehr nützlich erwiesen hatte – soll es doch Lord Rakers Perücke in einer Nacht grau gemacht und jedenfalls drei von Lady Cantervilles französischen Gouvernanten veranlasst haben, ihre Stellungen ohne Kündigung mitten im Monat aufzugeben. Er lachte also sein schreckliches Lachen, bis das alte Gewölbe dröhnend widerhallte, aber kaum hatte sich das letzte grausige Echo verloren, als sich die Tür öffnete und Mrs Otis in einem lichtblauen Morgenrock erschien.

»Ich glaube, Ihnen ist nicht ganz wohl«, sagte sie, »und deshalb bringe ich Ihnen eine Flasche von Dr. Dobells Tinktur mit.

Sollte es sich um eine Magenverstimmung handeln, so wird das sicherlich im Augenblick helfen.« Der Geist blickte sie wütend an und wollte sich sofort in einen großen schwarzen Hund verwandeln, ein Kunststückchen, für das er mit Recht berühmt war und dem der Hausarzt die chronische Geistesgestörtheit von Lord Cantervilles Onkel, des edlen Thomas Horton, zuschrieb. Doch das Geräusch nahender Schritte ließ ihn von seinem grausigen Vorhaben absehen und so begnügte er sich, schwach zu phosphoreszieren und mit einem dumpfen Kirchhofsseufzer gerade in dem Augenblick zu verduften, als die Zwillinge auf ihn zukamen.

Als der Geist sein Zimmer erreichte, knickte er völlig in sich zusammen und wurde die Beute heftigster Gemütsbewegung. Die Rohheit der Zwillinge und der krasse Materialismus von Mrs Otis waren natürlich sehr peinlich, aber was ihn am meisten ärgerte, war der Umstand, dass er nicht mehr imstande gewesen war, die alte Rüstung zu tragen. Er hatte gehofft, dass selbst moderne Amerikaner erschauern würden beim Anblick eines »Geistes in Rüstung«, wenn auch aus keinem anderen vernünftigen Grund als aus Respekt vor ihrem Leib- und Magenpoeten Longfellow, über dessen graziösen und anziehenden Versen er selbst manche Stunde verbracht hatte, wenn die Cantervilles in London waren. Überdies war es noch dazu seine eigene Rüstung! Er hatte sie mit großem Erfolg beim Turnier von Kenilworth getragen und die jungfräuliche Königin höchstselbst hatte ihn dazu auf das Schmeichelhafteste beglückwünscht. Als er sie aber heute angelegt hatte, war er vom Gewicht des schweren Brustpanzers und des Stahlhelms völlig erdrückt worden, sodass er schwer auf das Steinpflaster niedergestürzt war, sich beide Knie aufgeschlagen und das rechte Handgelenk verstaucht hatte.

Mehrere Tage lang fühlte er sich nun höchst unwohl, verließ kaum sein Zimmer und spukte nur nächtlich hervor, um den Blutfleck im richtigen Zustand zu erhalten. Aber er genas bald, indem er sich sehr schonte, und beschloss nun, einen dritten Versuch zu machen, um den Gesandten der Vereinigten Staaten und seine Familie zu erschrecken. Er wählte für seinen Auftritt Freitag, den siebzehnten August, und verbrachte den größten Teil des Tages mit dem Durchsehen seiner Garderobe, bis er sich endlich zu einem großen Hut mit breiter Krempe und einer roten Feder entschloss, sich vom Hals bis zu den Füßen in ein mit Rüschen besetztes Totenhemd hüllte und einen rostigen Dolch in die Hand nahm. Gegen Abend stellte sich ein heftiger Regensturm ein und der Wind war so stark, dass alle Fenster und Türen im alten Haus schütterten und klapperten. Das war zum Spuken just das rechte Wetter, ein Wetterchen, wie er es liebte! Sein Kriegsplan war nun folgender: Er wollte sich ganz geräuschlos in Washingtons Zimmer schleichen, ihm vom Fußende seines Bettes aus allerhand blödsinniges Zeug vorquasseln und sich dann zu den Klängen einer leisen geisterhaften Musik dreimal den Dolch tief ins Herz stoßen. Er hatte auf Washington einen ganz besonderen Groll, weil er wusste, dass gerade er den berühmten Canterville'schen Blutfleck immer wieder mit Pinkertons Fleckenwasser entfernte. Hatte er dann den tollkühnen und leichtsinnigen Menschen in einen Zustand namenlosesten Schreckens versetzt, so wollte er in das Zimmer gehen, in dem der Gesandte der Vereinigten Staaten mit seiner Frau schlief, um dort eine klebrige Hand auf die Stirn der Mrs Otis zu legen, indes er in das Ohr des zitternden Gatten die schrecklichen Geheimnisse des Beinhauses flüsterte. Was aber die kleine Virginia betraf, so war er sich über sie noch nicht ganz im Klaren. Sie hatte ihn nie besonders beleidigt und war hübsch und sanft. Einige tiefe Seufzer aus dem Kleiderschrank würden vielleicht genügen, dachte er, und wenn sie dabei nicht erwachte, so könnte er ja noch mit zuckenden Fingern ein bisschen an den Bettlaken krabbeln. Was aber die Zwillinge anging, so war er entschlossen, ihnen eine ordentliche Lektion zu erteilen. Vor allem wollte er sich ihnen auf die

Brust setzen, um bei ihnen das beklemmende Gefühl eines Albdrückens hervorzuzaubern. Dann wollte er sich, da ihre Betten ganz dicht beieinanderstanden, in Gestalt eines grünen eiskalten Leichnams so lange dazwischenstellen, bis die Furcht sie lähmte, und schließlich war es seine Absicht, das Leintuch abzuwerfen, um mit weißen, gebleichten Knochen und einem rollenden Augapfel im Zimmer umherzukriechen, etwa in der Art des ›Stummen Daniel oder das Skelett des Selbstmörders‹ – einer Rolle, die er mehr als einmal mit großem Erfolg gespielt hatte und die er für ebenso durchschlagend hielt wie seine berühmte Verkörperung des ›Martin der Wahnsinnige oder das maskierte Geheimnis‹.

Um halb elf hörte er, wie die Familie zu Bett ging. Eine Zeit lang beunruhigte ihn noch das wilde Gelächter der Zwillinge, die sich mit der leichtherzigen Fröhlichkeit der Schuljungen herrlich zu amüsieren schienen, ehe sie zur Ruhe gingen. Aber um Viertel nach elf war alles ruhig, und als es Mitternacht schlug, legte er los. Die Eule schlug mit den Flügeln gegen die Fensterläden, der Rabe krächzte auf dem alten Taxusbaum und der Wind schlurfte seufzend ums Haus wie eine verlorene Seele; aber die Familie Otis schlief unbekümmert um ihr Schicksal und hoch über Regen und Sturm erhob sich das kräftige Schnarchen des Gesandten der Vereinigten Staaten. Da trat der Geist verstohlen aus der Wandtäfelung hervor, mit einem bösen Lächeln um seinen grausam verrunzelten Mund, dass sogar der Mond sein Licht in einer Wolke verbarg, als er am Erkerfenster gespensterte, wo sein eigenes Wappen und das seines ermordeten Weibes in Gold und Himmelblau gemalt waren. Weiter und weiter huschte er wie ein böser Schatten und die Finsternis selbst schien ihm bei seinem Vorüberschreiten voll Ekel auszuweichen. Einmal glaubte er, dass ihn jemand rief, und er blieb stehen; doch es war nur das Bellen eines Hundes in einem nahen Pächterhof, und er schlich weiter und murmelte seltsame Flüche aus dem sechzehnten Jahrhundert und schwang dann und wann seinen rostigen Dolch in der mitternächtigen Luft. Endlich erreichte er die Ecke des Korridors, wo des armen Washingtons Zimmer lag. Einen Augenblick blieb er stehen und der Wind blies seine langen grauen Locken über sein Haupt zurück und bauschte das unheimliche Leichentuch des toten Mannes zu grotesk-phantastischen Falten auf. Da schlug die Uhr ein Viertel und er fühlte, dass seine Zeit gekommen war. Er grinste zufrieden in sich hinein und trat einen Schritt in die Ecke; doch kaum hatte er dies getan, so taumelte er mit einem jammervollen Ausruf des Schreckens zurück und verbarg sein bleiches Gesicht in den langen knochigen Händen. Gerade ihm gegenüber stand ein schreckliches Gespenst, bewegungslos wie ein erzenes Standbild und hässlich wie der Traum eines Irren! Sein Kopf war kahl und glänzend, sein Gesicht war rund und fett und weiß und ein widerliches Lachen schien seine Züge zu einem ewigen Grinsen erstarrt zu haben. Aus den Augen schossen Strahlen eines scharlachroten Lichts, der Mund glich einer tiefen Feuerhöhle und ein gräuliches Gewand, noch scheußlicher als sein eigenes, verbarg in schneeigem Weiß die Figur des Riesen. An seiner Brust war ein Plakat mit merkwürdig altertümlicher Schnörkelschrift befestigt, offenbar eine Schandrolle, die Aufzählung wilder Missetaten oder irgendein Register schrecklicher Verbrechen enthaltend, und in seiner rechten Hand hielt er eine Keule von glühendem Stahl.

Weil das Gespenst noch niemals ein Gespenst gesehen hatte, war es natürlich furchtbar erschrocken, und nach einem zweiten hastigen Blick auf das entsetzliche Phantom floh es zurück in sein Zimmer, stolperte nochmals über sein langes, flatterndes Hemd, als es durch den Korridor hinflog, und warf endlich den rostigen Dolch in einen hohen Reiterstiefel des Gesandten, wo ihn der Hausknecht am nächsten Tag fand. Als der Geist wieder in der Einsamkeit seines eigenen Zimmers angekommen war, warf er sich auf sein kleines Feldbett und verbarg sein Gesicht unter der Bettdecke. Aber nach einiger Zeit raffte sich das tapfere alte Gespenst von Canterville wieder zusammen und beschloss, noch einmal hinzugehen und mit dem anderen Gespenst zu reden, sobald der Tag grauen würde. So ging denn der Geist, als die Dämmerung die Hügel versilberte, zu der Stelle zurück, wo er zum ersten Mal das entsetzliche Phantom erblickt hatte, denn er sagte sich, dass schließlich zwei Gespenster jedenfalls besser wären als eines und dass er mithilfe seines neuen Freundes ganz bequem mit den beiden Zwillingen fertig werden würde. Als er aber den Ort erreichte, bot sich ihm ein furchtbarer Anblick. Dem Gespenst war offenbar irgendein Malheur passiert, denn das Licht war vollständig aus seinen Augenhöhlen verschwunden, die glühende Keule war seiner Hand entfallen und es selbst lehnte in einer gekrümmten und höchst unbequemen Haltung an der Wand. Der Canterviller stürzte vorwärts und packte es bei den Armen. Da fiel zu seinem Entsetzen der Kopf ab und rollte auf den Boden, der Körper sank hintenüber und er hielt eine weiße Tüllgardine und einen Kehrbesen in seinen Händen, während ein Küchenbeil und eine hohle Rübe zu seinen Füßen lagen. Unfähig, diese merkwürdige Umwandlung zu begreifen, griff er in fiebriger Hast nach dem Plakat, und da las er im grauen Morgenlicht die furchtbaren Worte:

Der Geist der Otis!
Der einzig echte Originalspuk!
Alle anderen sind Schwindel!
Gesetzlich geschützt!
Vor Nachahmung wird gewarnt!

Mit einem Mal ging ihm ein Licht auf. Man hatte ihn genarrt, gefoppt, verhöhnt! Aus seinem Auge blitzte der berühmte alte Blick von Canterville. Er schlug die zahnlosen Kiefer aufeinander, erhob die fleischlosen Hände über dem kahlen Haupt und schwor, getreu der malerischen Phraseologie der alten

Schule, dass, wenn der Gockelhahn zum zweiten Mal fröhlich gekräht haben würde, Ströme von Blut fließen würden und der Mord auf schweigenden Sohlen über die Schwelle des Hauses treten solle.

Kaum hatte der Geist seinen schauerlichen Eid vollendet, als vom roten Ziegeldach eines Bauernhofs der Hahn krähte. Das Gespenst lachte ein langes hohles bitteres Lachen und wartete. Es wartete Stunde auf Stunde, aber der Hahn krähte aus irgendeinem unerklärlichen Grund nicht zum zweiten Mal. Schließlich verscheuchte ihn um halb acht die Ankunft der Hausmädchen von seinem schrecklichen Wachposten, und der Geist schlich in sein Zimmer zurück und dachte an seinen nutzlosen Eid und an seine vereitelte Absicht. Dort zog er einige alte Ritterbücher zu Rate, die er sehr gern hatte, und fand, dass der Hahn stets ein zweites Mal gekräht hatte, sooft dieser Eid gesprochen worden war. »Fluch und Verdammnis treffe den faulen Gockel!«, murmelte er. »Hätte ich doch den Tag gesehen, an dem ich ihm mit meinem starken Speer die Kehle durchbohrt hätte! Dann würde er für mich ein zweites Mal haben krähen müssen, und wäre es auch erst im Tod gewesen!« Dann zog sich das Gespenst in einen bequemen Bleisarg zurück und blieb darin bis zum Abend liegen.

4

Am nächsten Tag fühlte sich der Geist recht schwach und müde. Die furchtbaren Aufregungen der letzten vier Wochen begannen, ihre Wirkung auszuüben. Seine Nerven waren ganz zerrüttet und beim geringsten Geräusch schreckte er zusammen. Fünf Tage lang blieb er still auf seinem Zimmer und entschloss sich endlich auch, die ewige Mühe mit dem Blutfleck in der Bücherei aufzugeben. Wenn Familie Otis ihn nicht haben wollte, schön – so verdiente sie ihn eben nicht! Das waren augenscheinlich Leute, die auf einer sehr tiefen materialistischen Bildungsstufe standen und ganz unfähig waren, den symbolischen Wert eines niedlichen Hausgespensts zu begreifen. Die Frage übersinnlicher Erscheinungen und die Entwicklung von Astralkörpern war natürlich eine ganz andere Sache und unterstand nicht seinem Machtbereich. Es war seine verdammte Pflicht und Schuldigkeit, einmal in der Woche im Korridor zu spuken und jeden ersten und dritten Mittwoch im Monat vom hohen bunten Glasfenster aus ein wenig sinnloses Zeug herabzumurmeln. Er sah nicht, wie er sich von diesen beiden Verpflichtungen auf ehrenvolle Weise frei machen könnte. Gewiss war sein Leben sehr ruchlos gewesen, aber andererseits war er (wie jeder zugeben wird) sehr gewissenhaft in allen Dingen, die mit dem Übernatürlichen zusammenhingen. An den nächsten drei Samstagen ging er also pflichtgemäß zwischen Mitternacht und drei Uhr durch den Korridor und ergriff sämtliche möglichen Vorsichtsmaßnahmen, um nicht gesehen und gehört zu werden. Er zog seine Stiefel aus, schlich, so leicht er konnte, über den alten wurmstichigen Boden, trug einen großen schwarzen Samtmantel und benutzte gewissenhaft ›Sonnenschein-Schmieröl‹, um damit seine Ketten zu schmieren. Ich bin aber verpflichtet zu bekennen, dass er es erst nach langem Zaudern über sich brachte, diese letzte Vorsichtsmaßregel anzuwenden. Eines Abends jedoch schlüpfte er, während die Familie bei Tisch saß, in Mr Otis' Schlafzimmer und holte sich die Flasche. Er fühlte sich anfangs zwar etwas gedemütigt, aber später sah er doch ein, dass sich sehr viel zugunsten der Erfindung sagen ließ und dass sie bis zu einem gewissen Grad auch seiner Absicht diente. Trotz alledem jedoch blieb er nicht unbelästigt. Beständig waren Stricke durch den Korridor gespannt, über die er in der Dunkelheit stolperte, und einmal, als er gerade das Kostüm des ›Schwarzen Isaak oder des Jägersmanns von Hogley-Woods‹ trug, kam er schwer zu Fall, weil er auf einer mit Fett beschmierten Stelle ausglitt, die die Zwillinge vom

Eingang des Gobelinzimmers bis zur Eichentreppe hergerichtet hatten. Diese letzte Beleidigung machte ihn so wütend, dass er sich entschloss, einen letzten Versuch zu wagen, um sich seine Würde und seine soziale Stellung zu sichern, und dies sollte dadurch geschehen, dass er die frechen Jungen in der nächsten Nacht in seiner berühmten Rolle als ›Kühner Rupert oder der Kopflose Graf‹ besuchen wollte.

Seit mehr als siebzig Jahren war er nicht mehr in dieser Rolle aufgetreten, nicht seitdem er dadurch die hübsche Lady Barbara Moonish derart erschreckt hatte, dass sie plötzlich ihre Verlobung mit dem Großvater des jetzigen Lord Canterville aufhob, dafür mit dem hübschen Jack Castletown nach Gretna Green durchbrannte und erklärte, dass nichts in der Welt sie veranlassen könnte, in eine Familie hineinzuheiraten, die es zuließ, dass so schauerliche Gespenster in der Dämmerung auf der Terrasse spazieren gingen. Der arme Jack wurde später zu Wandsworth von Lord Canterville im Duell erschossen und Lady Barbara starb in Tunbridge Wells an gebrochenem Herzen, bevor das Jahr um war. Alles in allem also damals ein großer Erfolg! Es war aber eine außerordentlich schwierige Maske – wenn ich diesen Theaterausdruck in Verbindung mit einem der größten Geheimnisse des Übernatürlichen gebrauchen darf – und er hatte drei volle Stunden nötig, um seine Vorbereitungen zu treffen.

Endlich war alles in Ordnung und er mit seinem Aussehen äußerst zufrieden. Die hohen ledernen Reitstiefel, die zum Kostüm gehörten, waren ihm freilich ein bisschen zu weit und er konnte nur eine von den beiden Sattelpistolen finden, aber schließlich war er doch sehr zufrieden und um Viertel nach eins glitt er aus der Wandverkleidung hervor und schlich den Korridor hinab.

Als er das Zimmer der Zwillinge erreichte, das, wie ich erwähnen will, wegen der Farbe seiner Vorhänge das »Blaue Schlafzimmer« genannt wurde, fand er die Tür nur angelehnt. Da er sich einen effektvollen Auftritt sichern wollte, stieß er sie weit auf – da fiel ein schwerer Wasserkrug von oben auf ihn herab, durchnässte ihn bis auf die Haut und streifte obendrein seine linke Schulter. Im selben Augenblick hörte er ein unterdrücktes Lachen aus den Betten herkommen. Der Nervenschock war so stark, dass er, so rasch er konnte, sofort in sein Zimmer zurücklief und den nächsten Tag mit einem strammen Schnupfen festlag. Das Einzige, was ihn bei der ganzen Geschichte tröstete, war der Umstand, dass er seinen Kopf nicht mitgenommen hatte, denn wäre dies der Fall gewesen, hätten die Folgen für ihn sehr schwer sein können.

Er gab nun alle Hoffnung auf, dieser ordinären Amerikanerfamilie Schrecken einzujagen, und begnügte sich in der Regel damit, in Pantoffeln durch die Korridore zu schleichen, mit einem dicken rotwollenen Tuch um den Hals, aus Angst vor Erkältung, und einer kleinen Armbrust in der Hand, um sich nötigenfalls gegen die Zwillinge zu verteidigen. Doch der letzte, der entscheidende Schlag, der gegen ihn unternommen wurde, erfolgte am 19. September.

Er war die Treppe bis zur großen Eingangshalle hinuntergegangen in der sicheren Annahme, dass er dort jedenfalls unbelästigt bleiben würde, und unterhielt sich damit, satirische Bemerkungen über die lebensgroßen Fotografien des Gesandten und seiner Gattin zu machen, die jetzt anstelle der großen Canterville-Familienbilder dort prangten. Er war einfach, aber sauber in ein langes Laken gekleidet, das nur leichte Flecken von Kirchhofmoder zeigte, hatte seine untere Kinnlade mit einem gelben Leinwandstreifen hochgebunden und trug eine kleine Laterne und eine Totengräberschaufel. Es war das Kostüm von ›Jonas dem Gruftlosen oder dem Leichenschänder von Chertsey Barn‹, eine seiner glänzendsten Darbietungen, die zu erinnern die Cantervilles alle Ursache hatten, denn sie war der eigentliche Grund ihres ewigen Streits mit dem benachbarten Lord Rufford. Es war etwa Viertel nach zwei Uhr Morgens, und soweit er sich vergewissern konnte, rührte sich nichts. Als er aber gemütlich nach der Bibliothek hinschlenderte, um dort wieder einmal nach dem lieben alten Blutfleck zu sehen, da sprangen aus einem dunklen Winkel plötzlich zwei Gestalten hervor, die wild mit den Armen über den Köpfen herumfuchtelten und ihm ein furchtbares »Buuh!« in die Ohren brüllten.

Von einer unter diesen Umständen nur allzu begreiflichen Panik ergriffen, stürzte er zur Treppe. Dort jedoch erwartete ihn Washington Otis mit der großen Gartenspritze, und so auf jeder Seite von Feinden umzingelt und in die Enge getrieben, verschwand er in heller Verzweiflung in den großen eisernen Ofen, der zu seinem Glück nicht geheizt war, und musste seinen Heimweg durch lauter Ofenröhren und Schornsteine antreten, sodass er in einem furchtbaren Zustand des Schmutzes, der Unordnung und der Verzweiflung in seinem Zimmer ankam.

Nach diesem rohen Angriff wurde er nie wieder auf nächtlichen Streifzügen ertappt. Die Zwillinge lauerten ihm wohl noch bei verschiedenen Gelegenheiten auf und bestreuten zum großen Ärger der Eltern und Dienstboten jede Nacht die Gänge mit Nussschalen, aber es half alles nichts. Es war ganz klar, dass die Gefühle des armen alten Gespensts zu sehr verletzt waren, um ihm noch ein Erscheinen zu ermöglichen. Mr Otis vollendete also seine große Arbeit über die Geschichte der demokratischen Partei, an der er schon seit vielen Jahren arbeitete, Mrs Otis arrangierte zur Verblüffung der ganzen Gegend ein wundervolles Preiskuchen-Konkurrenzbacken, die Jungen spielten Poker, Lacrosse und andere amerikanische Nationalspiele und Virginia ritt auf ihrem Pony durch das ganze Land, begleitet vom jungen Herzog von Cheshire, der unlängst eingetroffen war, um die letzten Wochen seiner großen Ferien auf Canterville zu verbringen. Man nahm allgemein an, dass der Geist das Schloss verlassen hatte, und Mr Otis schrieb über diesen Punkt sogar einen Brief an Lord Canterville, der in der Antwort seine große Freude über diese Neuigkeit aussprach und sich der werten Frau Gemahlin des Gesandten aufs Beste empfehlen ließ.

Die Familie Otis aber täuschte sich: Denn das Gespenst war noch immer im Haus, und wenn man es auch fast einen Invaliden nennen konnte, so war es doch kaum gesonnen, die Dinge auf sich beruhen zu lassen, und dies umso weniger, als es gehört hatte, dass sich unter den Gästen der junge Herzog von Cheshire befand, dessen Großonkel Lord Francis Stilton einst hundert Guineen gegen den Colonel Carbury gewettet hatte, dass er mit dem Geist von Canterville Würfel spielen wolle, und den man am nächsten Morgen auf dem Boden des Spielzimmers in einem so hilflosen gelähmten Zustand fand, dass er, obwohl er noch ein hohes Alter erreichte, sein Leben lang nichts anderes mehr als »Sechserpasch« zu sagen vermochte. Die Geschichte war seinerzeit weithin bekannt geworden, aber aus Achtung vor den Gefühlen der beiden vornehmen Familien wurde allseits versucht, sie zu vertuschen. Aber ein genauer Bericht aller Umstände findet sich im dritten Band von Lord Tattles ›Erinnerungen an den Prinzregenten und seine Freunde‹. Der Geist also war sehr darum besorgt zu zeigen, dass er seinen Einfluss auf die Stiltons noch nicht verloren hatte, mit denen er eigentlich entfernt verwandt war; denn seine Cousine ersten Grades war in zweiter Ehe mit dem Sieur de Bulkeley verheiratet gewesen, von dem, wie allgemein bekannt ist, die Herzöge von Cheshire in gerader Linie abstammen. Demzufolge bereitete er sich vor, Virginias kleinem Anbeter in seiner berühmten Rolle als ›Der Vampirmönch oder der blutlose Benediktiner‹ zu erscheinen, eine Rolle, die so schrecklich war, dass, als ihn die alte Lady Startup darin sah (dies geschah in der furchtbaren Neujahrsnacht des Jahres 1764), sie in ein mark- und beinerschütterndes Geschrei ausbrach, das mit einem heftigen Schlagfluss endete. Sie starb drei Tage später, nachdem sie die Cantervilles, die doch ihre nächsten Anverwandten waren, enterbt und all ihr Geld ihrem Londoner Apotheker hinterlassen hatte. Aber im letzten Augenblick hinderte unseren armen Geist die Furcht vor den Zwillingen daran, sein Zimmer zu verlassen, und der kleine Herzog schlief in Frieden unter dem großen, reich geschmückten Betthimmel des »Königlichen Schlafzimmers« und träumte von Virginia.

5

Einige Tage später ritten Virginia und ihr lockenköpfiger Kavalier über die Brockley-Wiesen spazieren, als Virginia beim Springen über eine Hecke ihr Reitkleid so stark zerriss, dass sie es bei ihrer Heimkehr vorzog, über die Hintertreppe hinaufzugehen, um nicht gesehen zu werden. Als sie an dem alten Gobelinzimmer vorüberlief, dessen Tür zufällig halb offen stand, glaubte sie, darin jemanden zu sehen, und in der Annahme, dass es das Kammermädchen ihrer Mutter sei, das manchmal seine Näharbeit dort verrichtete, trat sie ein, um ihr Kleid gleich ausbessern zu lassen. Doch zu ihrer großen Überraschung war es der Geist von Canterville selbst! Er saß am Fenster und beobachtete, wie das verblassende Gold der vergilbten Bäume langsam zur Erde taumelte und wie die roten Blätter in tollem Reigen die lange Allee hinuntertanzten. Sein Haupt lehnte auf seiner Hand und seine ganze Haltung drückte tiefste Niedergeschlagenheit aus. So verlassen und hinfällig sah er aus, dass die kleine Virginia, deren erster Gedanke es war, fortzulaufen und sich in ihr Zimmer einzuschließen, von Mitleid erfüllt wurde und sich zu bleiben entschloss, um ihn zu trösten. So leise trat sie auf und so tief war seine Schwermut, dass er ihre Anwesenheit nicht eher bemerkte, als bis sie ihn ansprach.

»Sie tun mir so leid«, sagte sie, »aber meine Brüder gehen morgen nach Eton zurück, und wenn Sie sich dann hübsch ruhig betragen werden, so wird Sie niemand mehr belästigen.«

»Es ist einfältig, von mir zu verlangen, dass ich mich gut aufführen soll«, antwortete der Geist und blickte voller Erstaunen auf das hübsche kleine Mädchen, das ihn anzusprechen wagte.

»Es ist ganz und gar einfältig, denn ich muss doch mit meinen Ketten klirren und durch Schlüssellöcher ächzen und bei Nacht spazieren gehen, wenn es das ist, was Sie meinen. Und das ist ja mein einziger Lebenszweck.«

»Das ist überhaupt kein Lebenszweck, und Sie wissen sehr gut, dass Sie ein schlechter Mensch gewesen sind. Mrs Umney sagte uns schon am ersten Tag, als wir ankamen, dass Sie Ihre Frau umgebracht haben.«

»Nun ja, das räume ich ein«, sagte der Geist verdrießlich, »aber dies ist eine reine Familiensache und geht keinen anderen etwas an.«

»Es ist aber sehr unrecht, jemanden umzubringen«, sagte Virginia, die zuweilen einen allerliebsten puritanischen Ernst hatte, der ihr von irgendeinem neuenglischen Ahnen überkommen war.

»Oh, ich hasse die hausbackene Strenge abstrakter Moral! Mein Weib war sehr hässlich, stärkte nie ordentlich meine Halskrause und verstand nichts von der Küche. Einmal hatte ich in Hogley Woods einen Hirschbock geschossen, einen kapitalen Burschen, und wissen Sie, wie der auf den Tisch kam? Na, reden wir jetzt nicht mehr davon, das ist ja alles vorüber. Aber ich glaube nicht, dass es sehr nett von meinen Schwagern war, mich zu Tode hungern zu lassen, nur weil ich ihre Schwester getötet habe.«

»Zu Tode hungern? Oh, Mr Gespenst, ich wollte sagen, Sir Simon, haben Sie Hunger? Ich habe ein Butterbrot bei mir, möchten Sie das haben?«

»Nein, ich danke, ich esse jetzt niemals; aber es ist dennoch sehr freundlich von Ihnen und Sie sind überhaupt viel netter als Ihre ganze schrecklich rohe, pöbelhafte, unanständige Familie.«

»Halt!«, schrie Virginia und stampfte mit dem Fuß auf. »Sie sind selber roh und schrecklich und pöbelhaft, und was die Unanständigkeit anbelangt, so wissen Sie recht gut, dass Sie mir alle Farben aus meinem Malkasten gestohlen haben, um den lächerlichen Blutfleck in der Bibliothek immer wieder aufzufrischen. Erst nahmen Sie das ganze Rot, sogar das Karmin, und ich konnte keinen Sonnenuntergang mehr malen, dann nahmen Sie Smaragdgrün und Chromgelb und endlich ließen Sie mir nichts mehr übrig als Indigo und Chinesisch-Weiß, und da konnte ich nur noch Mondscheinlandschaften malen, die einem immer so traurig stimmen und gar nicht leicht zu malen sind. Ich habe Sie nie verraten, obwohl es mich sehr ärgerte, und dann war die ganze Sache ja ohnehin höchst lächerlich, denn wer hätte je von grünen Blutflecken gehört?«

»Na ja«, sagte der Geist ziemlich kleinlaut, »aber was sollte ich machen? Es ist heutzutage recht schwer, sich wirkliches Blut zu verschaffen, und als Ihr Bruder mit diesem Universal-Fleckentferner angezogen kam, sah ich keinen Grund, warum ich nicht Ihren Malkasten hätte benutzen sollen. Was nun die Farbe betrifft, so ist das eben Geschmackssache. Die Cantervilles zum Beispiel haben blaues Blut, das allerblaueste Blut in England, aber ich weiß, ihr Amerikaner legt auf solche Dinge keinen Wert.«

»Das verstehen Sie nicht, und überhaupt: Das Beste, was Sie tun können, wäre, auszuwandern und drüben Ihre Kenntnisse zu erweitern. Papa wird sich freuen, Ihnen einen Pass und freie Überfahrt besorgen zu können, und obwohl alles Geistige einen hohen Zoll hat, werden Sie beim Zollamt keine Schwierigkeiten haben, denn die Beamten dort sind lauter Demokraten. Und wenn Sie erst einmal in New York sind, so haben Sie einen Bomben-Erfolg in der Tasche. Ich kenne eine Unzahl Leute, die gern hunderttausend Dollar darum geben würden, wenn Sie einen Großvater haben könnten, und für ein Haus- und Familiengespenst wäre ihnen keine Summe zu hoch.«

»Ich glaube nicht, dass mir Amerika gefiele.«

»Wahrscheinlich weil wir keine Ruinen und keine Sehenswürdigkeiten haben«, sagte Virginia spöttisch.

»Keine Ruinen? Keine Sehenswürdigkeiten?«, antwortete der Geist. »Sie haben doch Ihre Marine und Ihre Manieren!«

»Guten Abend! Ich gehe jetzt zu Papa und bitte ihn, den Zwillingen eine Woche Extraurlaub zu bewilligen.«

»Ach bitte, Miss Virginia, gehen Sie nicht!«, rief das Gespenst aus. »Ich bin so einsam und unglücklich und weiß wirklich nicht, was ich anfangen soll. Ich möchte so gerne schlafen und kann es nicht.«

»Das sind Redensarten. Sie brauchen ja nur zu Bett zu gehen und das Licht zu löschen. Es ist manchmal sehr schwierig, wach zu bleiben, besonders in der Kirche, aber es ist gar nicht schwer einzuschlafen. Sogar Babys können das, und die sind nicht besonders clever.«

»Ich habe seit dreihundert Jahren nicht mehr geschlafen«, sagte er traurig und Virginias schöne blaue Augen öffneten sich weit vor Verwunderung. »Dreihundert Jahre lang habe ich nicht geschlafen und ich bin so müde!«

Virginia wurde plötzlich ganz ernst und ihre kleinen Lippen zitterten wie Rosenblätter. Sie näherte sich ihm, kniete an seiner Seite nieder und blickte in sein altes verwittertes Gesicht hinauf.

»Armer, armer Geist«, murmelte sie, »haben Sie kein Plätzchen, wo Sie einmal ausschlafen könnten?«

»Weit, weit von hier, jenseits der Tannenwaldungen liegt ein kleiner Garten«, antwortete er mit leiser, träumerischer Stimme, »dort wächst hohes dichtes Gras, darin blühen die großen weißen Sterndolden des Schierlings, und die Nachtigall singt da die ganze Nacht. Sie singt die ganze lange Nacht hindurch und der kalte kristallene Mond schaut herab und die Trauerweide breitet ihre mächtigen Arme über den Schläfer aus.«

Virginias Augen füllten sich mit Tränen und sie barg ihr Gesicht in den Händen.

»Sie meinen den Garten des Todes«, flüsterte sie.

»Ja, ich meine den Tod! Der Tod muss so schön sein! So schön, in weicher brauner Erde zu liegen, und das Gras schwankt über einem hin und her und man horcht auf die Stille.

Und es gibt kein Gestern und es gibt kein Morgen. Man vergisst die Zeit, vergisst das Leben und hat Frieden. Sie können mir helfen. Sie können mir das Tor zum Haus des Todes öffnen, denn Liebe begleitet Sie auf allen Ihren Wegen und Liebe ist stärker als der Tod.«

Virginia zitterte und ein kalter Schauer lief über ihren Rücken und einige Augenblicke lang herrschte Schweigen. Es war ihr, als träumte sie einen angstvollen Traum.

Dann sprach das Gespenst wieder und seine Stimme klang wie das Seufzen des Windes.

»Haben Sie schon einmal die alte Prophezeiung auf dem Fenster in der Bibliothek gelesen?«

»O ja, sehr oft!«, rief das kleine Mädchen und sah auf. »Ich kenne sie sehr gut. Sie ist in seltsamen Buchstaben geschrieben und sehr schwer zu lesen. Es sind nur sechs Zeilen:

Wenn der Maid im goldnen Haar es gelingt,
Dass sie einen Sünder zum Beten zwingt,
Wenn der dürre Baum sich mit Blüten behängt,
Und Unschuld ihr Antlitz mit Tränen tränkt,
Dann wird's im Hause hier wieder still,
Und Friede herrscht über Canterville!

Aber ich weiß nicht, was das bedeutet.«

»Das bedeutet«, sagte der Geist ernst, »dass Sie um meiner Sünden willen mit mir weinen müssen, denn ich habe keine Tränen, und dass Sie mit mir um mein Seelenheil beten müssen, denn ich habe keinen Glauben. Und, wenn Sie immer süß und gut und lieb gewesen sind, wird sich der Engel des Todes meiner erbarmen. Sie werden schreckliche Gestalten in der Dunkelheit sehen und schauerliche Stimmen werden an Ihr Ohr schlagen, aber es wird Ihnen nichts geschehen, denn gegen die Reinheit eines Kindes können die Mächte der Hölle nicht ankämpfen.«

Virginia antwortete nicht und der Geist rang die Hände in wilder Verzweiflung, indes er auf ihr goldenes Köpfchen niedersah. Plötzlich stand sie auf und war sehr bleich und ein seltsames Licht flammte in ihren Augen. »Ich fürchte mich nicht«, sagte sie fest, »und ich will den Engel bitten, dass er sich Ihrer erbarme.«

Mit einem schwachen Ausruf der Freude erhob er sich von seinem Stuhl, nahm ihre Hand in die seine, beugte sich mit altmodischer Grazie darüber und küsste sie. Seine Finger waren kalt wie Eis und seine Lippen brannten wie Feuer, aber Virginia wurde nicht wankend, als er sie durch das dämmerige Zimmer führte. In die verblasste grüne Tapete waren kleine Jägersmänner eingestickt, die in ihre troddelgeschmückten Hörner bliesen und ihr mit ihren kleinen Händen zuwinkten, umzukehren. »Kehr um, kleine Virginia«, riefen sie, »kehr um!« Aber der Geist umklammerte ihre Hand noch fester und so schloss sie die Augen vor den Warnern. Schreckliche Tiere mit Eidechsenschwänzen und Glotzaugen blinzelten sie vom Kaminsims her an und murmelten: »Hüte dich, kleine Virginia. Wir werden dich niemals wiedersehen.« Aber der Geist glitt leise weiter und Virginia hörte nicht auf die Stimmen. Als sie das Ende des Zimmers erreicht hatten, machte er halt und murmelte einige Worte, die sie nicht verstehen konnte. Sie öffnete die Augen und sah, dass die Wand wie in einem Nebel verschwand, und sich eine große, schwarze Höhle vor ihr öffnete. Ein eiskalter Wind hauchte ihnen entgegen und sie fühlte, wie etwas an ihrem Kleid zerrte. »Rasch, rasch«, rief der Geist, »sonst ist es zu spät«, und im nächsten Augenblick hatte sich das Täfelung wieder hinter ihnen geschlossen und das Gobelinzimmer war leer.

6

Zehn Minuten später tönte der Gong zum Tee, und da Virginia nicht herunterkam, schickte Mrs Otis einen Diener hinauf, um sie zu holen. Nach einigen Augenblicken kam er zurück und meldete, er könne Miss Virginia nirgends finden. Da es ihre Gewohnheit war, jeden Abend in den Garten zu gehen, um Blumen für den Abendtisch zu holen, war Mrs Otis im Anfang gar nicht beängstigt. Als es aber sechs Uhr schlug und Virginia noch immer nicht kam, wurde sie doch sehr besorgt und schickte die Knaben aus, Virginia zu suchen, indes sie selbst und Mr Otis jeden Raum im Haus durchforschten. Um halb sieben kamen die Zwillinge zurück und sagten, dass sie von ihrer Schwester keine Spur hätten finden können. Nun waren alle äußerst aufgeregt und niemand wusste, was zu geschehen habe, bis sich Mr Otis plötzlich erinnerte, dass er vor einigen Tagen einer Zigeunerbande die Erlaubnis gegeben hatte, ihr Lager im Park aufzuschlagen. Er machte sich also sofort nach Blackfell Hollow auf, wo sie kampierten, wie er wusste, und sein ältester Sohn und zwei Knechte begleiteten ihn. Der kleine Herzog von Cheshire, der ganz außer sich war vor Sorge, bat heftig, man möge ihn auch mitnehmen, doch Mr Otis wollte es ihm nicht erlauben, denn er fürchtete, der junge Herr könnte mit seiner Aufgeregtheit das Unternehmen nur stören. Aber als sie an dort ankamen, stellte sich heraus, dass die Zigeuner längst fort waren, und zwar musste ihr Aufbruch sehr rasch erfolgt sein, denn das Feuer brannte noch und einige Teller lagen im Gras. Mr Otis befahl Washington und den beiden Knechten, sofort den ganzen Bezirk zu durchsuchen, lief nach Hause, telegrafierte an alle Polizeiinspektoren der Gegend und ersuchte sie, nach einem kleinen Mädchen zu forschen, das vermutlich von Wegelagerern oder Zigeunern gestohlen worden sei. Dann ließ er sein Pferd satteln, bestand darauf, dass sich seine Frau und die drei Knaben zum Essen setzten und ritt mit einem Reitknecht die Straße nach Ascot hinunter. Aber kaum war er ein paar Kilometer weit geritten, so hörte er jemanden hinter sich hergaloppieren. Er blickte sich um und sah, wie ihm der kleine Herzog, hochrot im Gesicht und ohne Hut, auf seinem Pony nachgesetzt kam. »Mr Otis, Mr Otis«, stieß der junge Mann keuchend hervor, »ich kann nicht essen, solange Virginia nicht gefunden ist. Bitte, seien Sie nicht böse. Aber wenn Sie unsere Verlobung im vorigen Jahr erlaubt hätten, so wäre das alles nicht passiert! Nicht wahr, Sie schicken mich nicht zurück? Ich geh nicht zurück, ich will auf jeden Fall mitkommen!«

Der Gesandte musste über den hübschen jungen Hitzkopf lächeln und war sehr gerührt über seine Liebe zu Virginia, und so beugte er sich vom Pferd herüber, klopfte ihm freundlich auf die Schulter und sagte: »Also gut, Cecil, wenn Sie nicht umkehren wollen, so müssen Sie wohl mit mir kommen, aber ich muss Ihnen in Ascot erst einen Hut kaufen.«

»Der Teufel hole meinen Hut, ich will Virginia wiederhaben!«, rief der kleine Herzog lachend und sie galoppierten nach der Eisenbahnstation. Dort fragte Mr Otis den Stationsvorstand, ob irgendein Mädchen, das auf die Beschreibung Virginias passte, auf dem Perron gesehen worden sei, aber er konnte nichts über sie erfahren. Der Stationsvorstand depeschierte die ganze Linie entlang und versicherte ihm, dass genaueste Nachforschungen angestellt werden würden, und nachdem er in einem Laden, der eben geschlossen werden sollte, für den kleinen Herzog einen Hut gekauft hatte, ritt Mr Otis nach Bexley weiter, einem Dorf, das ungefähr vier Meilen entfernt war und wo, wie man ihm sagte, ein wohlbekanntes Zigeunernest sei, weil dort eine große Gemeindewiese lag. Hier trommelten sie den Gendarmen aus dem Bett, konnten aber nichts von ihm herausholen, und nachdem sie noch über die ganze Wiese geritten waren, wandten sie ihre Pferde heimwärts und erreichten das Schloss gegen elf Uhr todmüde und ganz verzweifelt.

Washington und die Zwillinge erwarteten sie beim Pförtnerhaus mit Laternen, da die Allee schon sehr dunkel war. Nicht die kleinste Spur von Virginia war gefunden worden. Man hatte die Zigeuner auf den Brockley-Wiesen festgehalten, aber sie war nicht bei ihnen und sie hatten ihren plötzlichen Aufbruch mit dem Umstand erklärt, dass sie sich im Datum des Jahrmarkts in Chorton geirrt hätten und nun aus Furcht, sie könnten zu spät kommen, Hals über Kopf aufbrechen müssten. Sie waren aufrichtig betrübt, als sie von Virginias Verschwinden hörten, denn sie waren Mr Otis sehr dankbar dafür, dass er ihnen erlaubt hatte, im Park zu kampieren, und vier von ihnen blieben sogar zurück, um alles absuchen zu helfen. Man ließ den Karpfenteich ab, man durchsuchte das ganze Schloss – doch alles ohne den geringsten Erfolg. Es war klar, dass Virginia mindestens für diese Nacht verloren blieb, und im Zustand tiefster Niedergeschlagenheit gingen Otis und die Knaben zum Haus hinauf, während der Stallbursche mit den zwei Pferden und dem Pony folgte. In der Halle fanden sie eine Gruppe aufgeregter Dienstleute und auf dem Sofa in der Bibliothek lag die arme Frau Otis ganz außer sich vor Schrecken und Angst, und die Haushälterin machte ihr Umschläge mit Eau de Cologne. Mr Otis bestand sofort darauf, dass sie etwas zu sich nehme, und bestellte das Abendessen für die ganze Gesellschaft. Es war ein trübseliges Mahl, niemand tat so recht den Mund auf und selbst die Zwillinge waren ganz schreckverstummt und zerknirscht, denn sie liebten ihre Schwester recht innig. Als man vom Tisch aufstand, schickte Mr Otis trotz der inständigen Bitte des kleinen Herzogs alle zu Bett, indem er erklärte, in der Nacht könne man nichts mehr unternehmen und am nächsten Morgen wolle er an die Polizeidirektion in London depeschieren, damit man ihm sofort einige Detektive herschicke.

Gerade als sie das Speisezimmer verlassen wollten, begann es vom Kirchturm Mitternacht zu dröhnen, und als der letzte Schlag verhallte, hörten sie ein furchtbares Gepolter und einen jähen, schrillen Schrei. Ein schrecklicher Donnerschlag erschütterte das ganze Haus, ein überirdischer Gesang zitterte leise durch die Luft, ein Stück aus der Wandtäfelung im Treppenhaus sprang mit einem dumpfen Geräusch zur Seite und auf dem Treppenabsatz erschien sehr bleich und weiß mit einem kleinen Schmuckkästchen in der Hand – Virginia! Im selben Augenblick stürzten alle auf sie zu. Mrs Otis schloss sie leidenschaftlich in die Arme, der Herzog erstickte sie beinahe mit heftigen Küssen und die Zwillinge vollführten einen wilden Indianertanz um die Gruppe.

»Um Himmels willen, Kind, wo bist du nur gewesen?«, sagte Mr Otis fast böse, da er glaubte, dass sie irgendeinen närrischen Streich aufgeführt hatte. »Cecil und ich sind durch das ganze Land geritten, um dich zu suchen, und deine Mutter hat sich fast zu Tode geängstigt! Du darfst in Zukunft nie wieder solche Streiche machen.«

»Nur dem Gespenst darfst du Streiche spielen, nur dem Gespenst«, brüllten die Zwillinge und machten Sprünge wie junge Böcke.

»Gott sei Dank, mein Liebling, dass wir dich wieder haben, du darfst mich nie mehr verlassen«, murmelte Mrs Otis, küsste ihr zitterndes Kind und strich mit der Hand über das wirre Goldhaar.

»Papa«, sagte Virginia ruhig, »ich war bei dem Gespenst. Es ist tot und du musst kommen und dir den Ärmsten anschauen. Er war sehr böse in seinem Leben, aber sein Benehmen hat ihm schließlich sehr leidgetan und er gab mir dieses Kästchen mit wundervollen Juwelen, bevor er starb.«

Die ganze Familie starrte sie mit wortloser Verblüffung an, aber sie war ganz ruhig und ernst, drehte sich um und führte sie alle durch die Öffnung in der Vertäfelung einen engen, geheimen Korridor hinunter. Washington folgte mit einer angezündeten Kerze, die er vom Tisch genommen hatte. Sie kamen endlich zu einer schweren eichenen Tür, die mit rostigen Nägeln beschlagen war. Virginia berührte sie und da flog sie auf in ihren knarrenden großen Angeln. Nun standen sie in einem kleinen, niedrigen Zimmer mit einer gewölbten Decke und einem kleinen vergitterten Fenster. In die Wand war ein riesiger Eisenring eingelassen und daran war ein dürres Skelett angekettet, das der Länge nach auf den Steinfliesen ausgestreckt lag und mit seinen langen, fleischlosen Fingern nach einem altmodischen Teller und einem Krug zu greifen suchte, die so standen, dass er sie nicht erreichen konnte. Der Krug war augenscheinlich einst mit Wasser gefüllt gewesen, denn ein blassgrüner Schimmel bedeckte seine Innenseite. Auf dem Teller lag nichts als ein kleines Häufchen Krümelstaub. Virginia kniete an der Seite des Skeletts nieder, faltete ihre kleinen Hände und begann, leise zu beten, indes der Rest der Gesellschaft verwundert auf die furchtbare Tragödie blickte, deren Geheimnis nun enthüllt war.

»Seht doch«, rief plötzlich einer der Zwillinge, der aus dem Fenster gesehen hatte, um sich zu vergewissern, in welchem Flügel des Hauses das Zimmer eigentlich lag, »seht nur, der alte, vertrocknete Mandelbaum hat wieder geblüht, ich sehe seine Blüten ganz deutlich im Mondlicht.«

»Gott hat ihm vergeben«, sagte Virginia ernst, als sie aufstand, und ein wunderbarer Glanz schien ihr Gesicht zu verklären.

»Welch ein Engel du bist!«, sagte der junge Herzog, legte seinen Arm um ihre Schulter und küsste sie.

7

Vier Tage nach diesen höchst merkwürdigen Zwischenfällen bewegte sich ein Leichenzug um elf Uhr nachts aus dem Schloss von Canterville. Der Leichenwagen wurde von acht Rappen gezogen; jeder Rappe trug auf seinem Kopf einen großen Busch nickender Straußenfedern und der Bleisarg war bedeckt mit einer reichen Purpurdecke, in die das Wappen derer von Canterville in Gold eingestickt war. Neben dem Leichenwagen und den Trauerkutschen gingen Diener mit brennenden Fackeln und der ganze Zug war ungemein feierlich. Lord Canterville war der Hauptleidtragende und eigens aus Wales gekommen, um dem Leichenbegängnis beizuwohnen, und er saß im ersten Wagen neben der kleinen Virginia. Dann kam der Gesandte der Vereinigten Staaten mit seiner Frau, dann Washington und die zwei anderen Söhne, und im letzten Wagen saß Mrs Umney, ganz allein. Da sie länger als fünfzig Jahre ihres Lebens durch das Gespenst erschreckt worden war, so hatte sie auch ein Recht, von ihm Abschied zu nehmen, wie man allgemein fühlte. In der Ecke des Friedhofs war ein tiefes Grab ausgehoben worden, gerade unter der alten Trauerweide, und Reverend Augustus Dampier hielt die Grabrede in der eindrucksvollsten Weise. Als die Zeremonie vorüber war, verlöschten die Diener nach alter Sitte der Familie Canterville ihre Fackeln, und als der Sarg ins Grab hinuntergelassen werden sollte, trat Virginia vor und legte ein großes Kreuz aus weißen und roten Mandelblüten darauf. In diesem Augenblick kam der Mond hinter einer Wolke hervor und überflutete mit seinem stillen Silberlicht den kleinen Friedhof und aus einem fernen Busche begann eine Nachtigall zu schlagen. Virginia dachte an die Schilderung, die ihr der Geist vom Garten des Todes gemacht hatte, ihre Augen füllten sich mit Tränen und sie sprach auf der Heimfahrt kaum ein Wort.

Am nächsten Morgen hatte Herr Otis mit Lord Canterville vor dessen Rückkehr in die Stadt eine Unterredung wegen der Juwelen, die das Gespenst Miss Virginia gegeben hatte. Sie waren ganz hervorragend schön, besonders ein Rubinhalsband in altvenezianischer Fassung, ein Meisterstück der Kunst des sechzehnten Jahrhunderts, und der Wert der Kostbarkeiten war so groß, dass Mr Otis einige Skrupel hatte, ob er seiner Tochter die Annahme erlauben durfte.

»Mein Herr«, sagte er, »ich weiß allerdings, dass in diesem Land die Güter der toten Hand sowohl in Landbesitz als auch in Schmuckstücken bestehen können, und es erscheint mir ganz klar, dass diese Juwelen Erbstücke Ihrer Familie sind oder doch sein sollten. Ich muss Sie also bitten, sie mit nach London zu nehmen und sie als einen Teil Ihres Vermögens zu betrachten, der Ihnen unter gewissen, höchst sonderbaren Umständen zurückerstattet wurde. Was meine Tochter betrifft, so ist sie ja noch ein Kind und hat, wie ich mit Freude sagen kann, wenig Interesse an solchen Luxusgegenständen. Meine Frau, die, wie ich ruhig sagen darf, eine Autorität in Kunstdingen ist – sie hatte nämlich den Vorzug, als junges Mädchen einige Winter in Boston zu verbringen –, meine Frau also hat mir mitgeteilt, dass diese Juwelen einen ganz bedeutenden Geldwert repräsentieren und dass sie bei einem Verkauf einen überraschend hohen Preis erzielen würden. Unter diesen Umständen, Lord Canterville, bin ich überzeugt, dass Sie mir beistimmen werden, wie unmöglich es für mich wäre, einem Mitglied meiner Familie zu erlauben, im Besitz dieser Juwelen zu bleiben, und endlich ist all dieses eitle Flitterwerk und dieser Tand, sosehr es vielleicht zur Würde der britischen Aristokratie zu gehören scheint, doch ganz und gar nicht am Platz bei Menschen, die in den strengen und, wie ich sicher glaube, unsterblichen Prinzipien republikanischer Einfachheit erzogen sind. Vielleicht sollte ich auch noch erwähnen, dass Virginia mit Ihrer gütigen Erlaubnis recht gern die Schatulle selbst behalten möchte zur Erinnerung an Ihren unglücklichen und irregeleiteten Ahnherrn. Da die Schatulle sehr alt und unmodern sowie auch sehr reparaturbedürftig ist, so werden Sie vielleicht geneigt sein, die Bitte Virginias zu erfüllen. Was mich betrifft, so gestehe ich, dass ich einigermaßen überrascht bin darüber, dass eines meiner Kinder in irgendeiner Weise mit dem Mittelalter sympathisiert, und ich kann es mir nur dadurch erklären, dass Virginia in einem Ihrer Londoner Vororte geboren wurde, kurz nachdem meine Frau von einer Reise nach Athen zurückgekehrt war.«

Lord Canterville hörte die weitschweifige Rede des würdigen Gesandten mit großem Ernst an und strich nur hier und da seinen grauen Schnurrbart, um ein unwillkürliches Lächeln zu verbergen. Als Mr Otis zu Ende war, schüttelte er ihm herzhaft die Hand und sagte: »Mein bester Mr Otis! Ihre entzückende, kleine Tochter hat meinem unglückseligen Ahnherrn Sir Simon einen sehr großen Dienst geleistet und meine Familie und ich stehen tief in ihrer Schuld für ihren erstaunlichen Mut. Die Juwelen gehören selbstverständlich ihr, und ich glaube, wenn ich herzlos genug wäre, sie ihr wegzunehmen, würde der tolle, alte Bursche in längstens vierzehn Tagen wieder aus seinem Grab herausklettern, um mir mit seinen Teufeleien das ganze Leben zu verbittern. Was aber den Begriff Erbstück betrifft, so ist nichts ein Erbstück, was nicht als solches in einem Testament oder einem anderen gesetzlichen Dokument bezeichnet wurde, und die Existenz dieser Juwelen war bis dato ganz unbekannt. Ich versichere Ihnen also, dass ich nicht mehr Recht darauf habe als ihr Kammerdiener, und wenn Miss Virginia herangewachsen ist, wird sie sicherlich ganz froh sein, solch hübsche Dinge tragen zu können. Überdies vergessen Sie ganz, Mr Otis, dass die gesamte Einrichtung inklusive Gespenst im Preis des Schlosses inbegriffen war und dass also alles, was dem Gespenst gehörte, gleichzeitig in Ihren Besitz überging, da Sir Simon, welche nächtliche Tätigkeit er auch in den Korridoren entwickelt haben mag, doch vom gesetzlichen Standpunkt aus tot war und Sie sein Eigentum durch Kauf erworben hatten.«

Mr Otis war durch Lord Cantervilles Weigerung zuerst einigermaßen verwirrt und bat ihn, sich seinen Entschluss nochmals zu überlegen, aber der gutmütige Peer blieb fest und brachte endlich den Gesandten dazu, seiner Tochter die Erlaubnis zu geben, das Geschenk des Geistes zu behalten, und als später (im Frühjahr 1890) die junge Herzogin von Cheshire gelegentlich ihrer Hochzeit der Königin vorgestellt wurde, erregten ihre Juwelen allgemeine Bewunderung. Denn Virginia bekam wirklich ihre Adelskrone (und das ist die Belohnung aller braven kleinen Amerikanerinnen) und heiratete ihren jungen Anbeter, sobald er volljährig geworden war. Sie blieben beide ein so reizendes Paar und sie liebten einander so sehr, dass alle Welt von der Partie entzückt war mit Ausnahme der alten Marquise von Dumbleton – die versucht hatte, den Herzog für eine ihrer sieben unverheirateten Töchter zu kapern und zu diesem Zweck nicht weniger als drei höchst kostspielige Diners gegeben hatte – und merkwürdigerweise auch mit Ausnahme von Mr Otis selbst. Mr Otis hatte den jungen Herzog persönlich sehr gern, aber in der Theorie war er ein Gegner aller Titel und »er fürchtete«, um seine eigenen Worte zu gebrauchen, »dass unter dem entnervenden Einfluss einer vergnügungssüchtigen englischen Aristokratie die wahren Prinzipien republikanischer Einfachheit in Vergessenheit geraten könnten«. Aber seine Bedenken wurden vollständig überstimmt, und ich glaube, dass es in ganz England weit und breit keinen stolzeren Mann gab als ihn, als er, seine Tochter am Arm, durch das Kirchenschiff von St. George, Hanover Square, im Hochzeitszug dahinschritt.

Als die Flitterwochen vorüber waren, zogen der Herzog und die Herzogin aufs Schloss von Canterville, und am Tag nach ihrer Ankunft gingen sie nachmittags hinüber zum einsamen Gottesacker unter den Tannen. Es hatte zuerst manche Schwierigkeiten gegeben, bis man sich über die Inschrift auf Sir Simons Grabstein einig werden konnte, und schließlich kam man überein, nichts daraufzusetzen als die Anfangsbuchstaben des Namens und die Verse vom Fenster der Bibliothek. Die Herzogin hatte einige schöne Rosen mitgebracht, die sie auf das Grab streute, und nachdem beide einige Zeit davorgestanden hatten, wanderten sie weiter in die Ruinen der alten Abtei. Dort setzte sich die Herzogin auf eine umgestürzte Säule und ihr Mann legte sich zu ihren Füßen, zündete sich eine Zigarette an und schaute verliebt und entzückt in ihre wunderbaren Augen. Plötzlich warf er seine Zigarette fort, nahm Virginia bei der Hand und sagte: »Hör mal, mein Kind, eine Frau sollte vor ihrem Gatten eigentlich keine Geheimnisse haben.«

»Bester Cecil! Ich habe keine Geheimnisse vor dir.«

»Doch, doch«, antwortete er lächelnd, »du hast mir ja nie erzählt, was dir begegnet ist, als du mit dem Geist verschwunden warst.«

»Ich hab es niemandem erzählt, Cecil«, sagte Virginia ernst.

»Das weiß ich, aber mir solltest du es doch jetzt sagen!«

»Bitte, frag mich nicht, Cecil, denn ich kann es dir nicht sagen! ... Armer Sir Simon! Ich verdanke ihm so viel, so viel! ... Ja, lache nur nicht, Cecil, es ist so! Er hat mich verstehen gelehrt, was Leben ist und was der Tod bedeutet und warum die Liebe stärker ist als beides.«

Der Herzog stand auf und küsste seine junge Frau äußerst liebevoll.

»Behalte dein Geheimnis so lange, als ich dein Herz habe«, sagte er leise.

»Das hast du schon immer gehabt, Cecil.«

»Und vielleicht erzählst du alles einmal unseren Kindern, nicht wahr?«

Virginia errötete.

Der glückliche Prinz

Hoch über der Stadt stand auf einer hohen Säule die Statue des glücklichen Prinzen. Sie war über und über mit dünnen Blättchen von feinem Gold bedeckt, zwei glänzende Saphire hatte sie als Augen und ein großer, roter Rubin glühte am Schwertknauf.

Die Statue wurde von allen aufs Höchste bewundert.

»Sie ist so schön wie ein Wetterhahn«, bemerkte einer der Stadträte, dem viel daran gelegen war, als ein geschmackvoller Mann in Kunstdingen zu gelten; »wenn auch nicht ganz so nützlich«, fügte er hinzu, aus Furcht, man könnte ihn für unpraktisch halten, was er aber in der Tat nicht war.

»Warum nimmst du dir kein Beispiel an dem glücklichen Prinzen?«, fragte eine gefühlvolle Mutter ihren kleinen Buben, der den Mond haben wollte und bitterlich weinte. »Der glückliche Prinz denkt nicht ans Weinen, wenn er etwas nicht bekommen kann.«

»Ich bin froh, dass es in der Welt wenigstens einen gibt, der ganz glücklich ist«, murmelte ein Enttäuschter, indem er die wundervolle Bildsäule betrachtete.

»Er sieht aus wie ein Engel, genau so«, sagten die Waisenkinder, die in ihren glänzenden Purpurröcken und den sauberen weißen Lätzchen aus der Kathedrale kamen.

»Woher wisst ihr das«, sagte der Mathematiklehrer, »da ihr noch nie einen Engel gesehen habt?«

»O doch, in unseren Träumen«, antworteten die Kinder; und der Mathematiklehrer runzelte die Brauen und blickte finster drein, denn er war nicht damit einverstanden, dass Kinder träumten.

Da flog eines Nachts ein kleines Schwalbenmännchen über die Stadt. Seine Freunde waren schon vor sechs Wochen nach Ägypten gezogen, aber er blieb noch zurück, denn er liebte eine ganz wunderschöne Schilfblüte. Zeitig im Frühjahr hatte er sie erblickt, als er gerade, einer dicken gelben Motte hinterher, den Fluss hinunterflog, und die schlanke Taille der Rispe hatte ihm so gefallen, dass er sich niedersetzte, um mit ihr zu plaudern.

»Soll ich dich lieben?«, sagte das Schwalbenmännchen, das gerne geradewegs auf sein Ziel losging, und das Schilffräulein machte ihm eine tiefe Verbeugung. So flog der Schwälberich dann rund um das Rohr herum und berührte das Wasser mit seinen Flügelspitzen und zeichnete silberne Kreise hinein. So machte er ihr den Hof und das dauerte den ganzen Sommer über.

»Es ist ein lächerliches Verhältnis!«, zwitscherten die anderen Schwalben. »Die Rohrdame hat kein Geld und viel zu viel Verwandtschaft.«

Und in der Tat war der ganze Fluss voll Schilf. Und als dann der Herbst kam, flogen auch richtig alle Schwalben davon.

Und als sie fortgeflogen waren, da fühlte sich das Schwälbchen sehr einsam und begann, seinen Minnedienst etwas langweilig zu finden. »Es plaudert sich schlecht mit ihr und ich fürchte sehr, dass sie kokett ist, denn sie flirtet immer mit dem Junker Wind.«

Und es war Tatsache, dass die Schilfrispe, sooft der Wind blies, ihm die graziösesten Verbeugungen machte. »Ich gebe zu, dass sie häuslich ist«, fuhr das Schwälbchen fort, »aber ich liebe das Reisen und mein Weib muss also das Reisen ebenfalls gern haben.«

»Willst du mit mir kommen?«, sagte der Schwälberich endlich zu ihr. Aber das Rohrblümchen schüttelte den Kopf, denn es war ja an den Boden gebunden.

»Du hast deinen Scherz mit mir getrieben«, schrie der Schwälberich, »ich reise zu den Pyramiden. Leb wohl!« Und der Schwälberich flog fort.

Den ganzen Tag lang flog er, und als die Nacht hereinbrach, erreichte er die Stadt. »Wo soll ich absteigen?«, fragte er sich. »Ich hoffe, die Stadt hat einige Empfangsvorbereitungen getroffen!«

Da gewahrte der Schwälberich die Statue auf der gewaltigen Säule.

»Hier will ich absteigen!«, rief er aus. »Das ist ein schönes Plätzchen und frische Luft gibt es hier genug.« Und er ließ sich gerade zwischen den Füßen des glücklichen Prinzen nieder.

»Ich habe ja ein goldenes Schlafzimmer«, sagte er erfreut zu sich selbst, indem er sich umsah und sich zum Schlafen vorbereitete. Aber gerade als er seinen Kopf unter die Flügel stecken wollte, fiel ein schwerer Wassertropfen nieder. »Wie seltsam!«, rief das Schwälbchen; »am Himmel steht keine einzige Wolke, die Sterne sind ganz hell und klar und doch regnet es. Das Klima im nördlichen Europa ist doch wirklich abscheulich. Das Rohrblümchen liebte ja den Regen, aber das war nichts als Egoismus.«

Ein zweiter Tropfen fiel.

»Wozu ist denn eine Bildsäule eigentlich da, wenn sie nicht einmal den Regen abhalten kann«, sagte er. »Ich schaue mich lieber nach einem braven Schornstein um!« Und der Vogel wollte schon davonfliegen.

Doch bevor er noch seine Flügel entfaltet hatte, fiel ein dritter Tropfen und er blickte empor und sah – ach, was sah er?

Die Augen des glücklichen Prinzen waren voll Tränen und die Tränen rollten an den goldenen Wangen nieder. Und sein Gesicht war so wunderschön im Mondlicht, dass der Schwälberich wirklich ein tiefes Mitleid empfand.

»Wer bist du?«, fragte er.

»Ich bin der glückliche Prinz.«

»Warum weinst du dann?«, fragte der Vogel weiter. »Ich bin ja schon fast ganz durchnässt.«

»Als ich lebte und noch ein menschliches Herz hatte«, antwortete die Statue, »da wusste ich nicht, was Tränen sind, denn ich lebte im Palast Sorgenfrei, dessen Schwelle die Sorge nicht betreten darf. Tagsüber spielte ich mit meinen Gefährten im Garten und abends führte ich in der großen Halle den Tanz an. Rings um den Garten lief eine sehr hohe Mauer, aber ich kümmerte mich niemals darum, was hinter der Mauer lag, denn alles um mich her war eitel Schönheit. Meine Hofleute nannten mich den glücklichen Prinzen und ich war in der Tat glücklich, wenn Vergnügen dasselbe ist wie Glück. So lebte ich und so starb ich. Und nun, da ich gestorben bin, haben sie mich hier so hoch hinaufgestellt, dass ich alle Hässlichkeit und alles Elend meiner Stadt sehen kann, und obgleich mein Herz aus Blei ist, kann ich nichts anderes tun als weinen.«

»Wie, es ist nicht durch und durch aus Gold?«, sprach das Schwälbchen zu sich selbst, denn es war doch zu höflich, um solch eine persönliche Bemerkung laut werden zu lassen.

»Weit, weit von hier«, fuhr die Bildsäule mit einer tiefen, klangvollen Stimme fort, »weit, weit von hier steht ein armseliges Häuschen in einer kleinen Straße. Eines der Fenster steht offen und ich sehe eine Frau an einem Tisch sitzen. Ihr Gesicht ist schmalwangig und verhärmt und sie hat raue, rote Hände, ganz zerstochen von der Nadel, denn sie ist eine Näherin. Sie stickt Passionsblumen in ein Seidengewand für das lieblichste aller Ehrenfräulein der Königin, um es auf dem nächsten Hofball zu tragen. In einem Bett in einer Ecke des Zimmers liegt ihr kleiner kranker Sohn. Ihn schüttelt das Fieber und er möchte Apfelsinen haben. Seine Mutter aber kann ihm nichts geben als Wasser aus dem Fluss, und daher weint er. Schwälbchen, Schwälbchen, kleines Schwälbchen, willst du ihr nicht den Rubin aus meinem Schwertgriff bringen? Meine Füße sind auf dem Sockel festgenietet und ich kann mich nicht bewegen.«

»Man erwartet mich in Ägypten«, sagte der Vogel. »Meine Freunde fliegen den Nil auf und ab und flüstern mit den großen Lotosblumen. Bald werden sie schlafen gehen im Grab des großen Königs. Der liegt in einer gemalten Truhe und ist in gelbes Linnen gehüllt und mit Gewürzen balsamiert. Um seinen

Hals liegt eine Kette aus blassem, grünem Nephrit und seine Hände gleichen vertrockneten Blättern.«

»Schwälbchen, Schwälbchen, kleines Schwälbchen«, sagte der Prinz, »willst du nicht noch diese eine Nacht bei mir bleiben und mein Bote sein? Der Knabe hat so großen Durst und die Mutter ist so traurig.«

»Weißt du, ich mache mir wenig aus Knaben«, antwortete das Schwälbchen. »Als ich im letzten Sommer am Fluss wohnte, da waren zwei rohe Buben dort, die Söhne des Müllers, und sie warfen Steine nach mir. Natürlich trafen sie mich nicht. Wir Schwalben fliegen viel zu schnell und überdies stamme ich aus einer Familie, die wegen ihrer Hurtigkeit berühmt ist. Trotzdem war es ein Zeichen mangelnden Respekts.«

Aber der glückliche Prinz blickte so traurig drein, dass der kleine Schwalbenmann ganz betrübt wurde. »Es ist zwar kalt hier«, sagte er, »aber ich will eine Nacht bei dir bleiben und dein Bote sein.«

»Ich danke dir, kleine Schwalbe«, sagte der Prinz.

Und der Schwälberich pickte den großen Rubin aus dem Schwert des Prinzen und fasste ihn mit dem Schnabel und flog damit über die Dächer der Stadt.

Er flog am Turm der Kathedrale vorbei, wo die weißen Marmorengel stehen, er flog am Palast vorbei und hörte darin Tanz und Musik. Ein schönes Mädchen kam mit dem Geliebten auf den Balkon. »Wie wundervoll die Sterne sind«, sagte er zu ihr, »und wie wundervoll die Macht der Liebe ist!«

»Ich hoffe, mein Kleid wird für den Hofball fertig werden«, antwortete sie. »Ich habe mir Passionsblumen darauf sticken lassen, aber die Schneiderinnen sind so faul.«

Er flog über den Fluss und sah die Laternen blinken an den Masten der Schiffe. Er flog über das Getto und sah die alten Juden miteinander handeln und das Geld in kupfernen Schalen wiegen. Endlich kam er zu dem armseligen Häuschen und schaute hinein. Der Knabe lag fiebernd in seinem Bett und die

Mutter war vor Müdigkeit eingeschlafen. Der Schwälberich hüpfte ins Zimmer und legte den großen Rubin auf den Tisch gerade neben den Fingerhut der Frau. Dann kreiste er mit leichtem Flügelschlag um das Bett und fächelte mit seinen Schwingen die Stirn des Knaben. »Ach, wie kühl es wird«, sagte das Kind, »jetzt wird mir gewiss besser werden.« Und der Knabe sank in einen süßen Schlaf.

Dann flog der Vogel zurück zum glücklichen Prinzen und erzählte ihm, was er getan hatte. »Es ist seltsam«, fügte er hinzu, »aber mir ist mit einem Mal ganz warm geworden, obwohl es doch so kalt ist.«

»Das kommt daher, weil du eine gute Tat vollbracht hast«, sagte der Prinz. Und das kleine Schwälbchen begann nachzudenken und dann schlief es ein. Denken machte es immer schläfrig.

Als der Tag anbrach, flog der Schwälberich zum Fluss und nahm ein Bad. »Welch ein seltsames Phänomen«, sagte der Professor der Ornithologie, der gerade über die Brücke ging. »Eine Schwalbe im Winter!« Und er schrieb darüber einen langen Brief an die Neuesten Nachrichten. Jedermann sprach davon, aber der Artikel war so voller Gelehrsamkeit, dass ihn keiner so recht verstand.

»Heute Nacht reise ich nach Ägypten«, sagte der Vogel und war äußerst vergnügt bei dieser Aussicht. Er besuchte alle öffentlichen Denkmälerbauten und saß lange Zeit auf der Kirchturmspitze. Wohin er kam, zwitscherten die Sperlinge und sagten zueinander: »Welch ein vornehmer Fremdling!« Und das freute den Schwälberich sehr.

Als der Mond aufging, flog er zurück zum glücklichen Prinzen. »Hast du was zu bestellen in Ägypten?«, rief er. »Ich reise jetzt hin!«

»Schwälbchen, Schwälbchen, kleines Schwälbchen«, sagte der Prinz, »willst du nicht noch eine Nacht bei mir bleiben?«

»Man erwartet mich in Ägypten«, antwortete der Vogel. »Morgen fliegen meine Freunde bis zum zweiten Katarakt.

Dort liegt das Nilpferd im hohen Riedgras und auf einem großen granitenen Thron sitzt der Gott Memnon. Jede Nacht blickt er die Sterne an, und wenn der Morgenstern aufblitzt, so stößt er einen Freudenschrei aus und dann ist er wieder stumm. Und zu Mittag kommen die gelben Löwen ans Ufer zur Tränke. Sie haben Augen wie grüne Berylle und ihr Brüllen ist lauter als das Brüllen des Katarakts.«

»Schwälbchen, Schwälbchen, kleines Schwälbchen«, sagte der Prinz. »Weit, weit am andern Ende der Stadt sehe ich einen jungen Mann in einer Dachstube. Er sitzt an seinem Schreibtisch, der über und über mit Papieren bedeckt ist, und in einem Glas neben ihm steckt ein Sträußchen verwelkter Veilchen. Sein Haar ist braun und lockig und seine Lippen sind rot wie eine Granatblüte und er hat große, verträumte Augen. Er versucht, an einem Schauspiel für das Theater zu arbeiten, aber er kann vor Kälte die Finger nicht rühren. Im Ofen gibt es kein Feuer mehr und der Hunger hat ihn schwach gemacht.«

»Ich will abermals eine Nacht bei dir bleiben«, sagte der Schwälberich, der wirklich ein gutes Herz hatte; »soll ich ihm auch einen Rubin bringen?«

»Ach, ich habe keinen Rubin mehr«, sagte der Prinz, »meine Augen sind alles, was ich noch habe. Sie sind aus kostbaren Saphiren gemacht, die man vor vielen tausend Jahren aus Indien herbeibrachte. Picke eines meiner Augen aus und bringe es ihm. Er wird es zu einem Juwelier tragen, er wird sich Nahrung und Feuerung dafür kaufen und sein Stück zu Ende bringen können.«

»Teurer Prinz«, sagte der Vogel, »das kann ich nicht tun!« Und er begann zu weinen.

»Schwälbchen, Schwälbchen, kleines Schwälbchen«, sagte der Prinz, »tu, wie ich dir befahl.«

So pickte der Schwälberich dem Prinzen ein Auge aus und flog damit zur Dachkammer des Studenten. Es war leicht hineinzukommen, denn im Dach war ein Loch. Durch dieses Loch schlüpfte der Vogel ins Zimmer. Der junge Mann hatte seinen Kopf in den Händen vergraben und hörte darum das Flattern der Flügel nicht, und als er aufsah, fand er den schönen Saphir auf dem verwelkten Veilchenstrauß.

»Man beginnt, mich zu würdigen«, rief er aus. »Dieser Stein kommt gewiss von irgendeinem meiner Bewunderer. Nun kann ich mein Stück vollenden!« Und er blickte ganz glücklich drein.

Am nächsten Tag flog das Schwälbchen zum Hafen hinunter, setzte sich auf den Mast eines großen Schiffes und sah zu, wie die Matrosen große Ballen an Seilen aus dem Schiffsraum nach oben wanden. »Ahoi!«, schrien sie, sooft ein Ballen emporkam.

»Ich reise nach Ägypten«, rief das Schwälbchen, aber niemand kümmerte sich darum, und als der Mond aufging, flog der Vogel zurück zu dem glücklichen Prinzen.

»Ich komme, um dir Lebewohl zu sagen«, rief er ihm zu.

»Schwälbchen, Schwälbchen, kleines Schwälbchen, willst du nicht noch eine Nacht bei mir bleiben?«

»Es ist Winter«, antwortete das Schwälbchen, »und der hohe Schnee wird bald da sein. In Ägypten ist die Sonne warm und die Palmen sind grün und die Krokodile liegen im Schlamm und blinzeln faul vor sich hin. Meine Gefährten bauen ihr Nest im Tempel von Baalbek und rot und weiß gesprenkelte Tauben schauen zu und gurren. Teurer Prinz, ich muss dich verlassen, aber ich werde dich nie vergessen, und im nächsten Frühjahr bringe ich dir zwei schöne Juwelen mit anstelle derer, die du weggegeben hast. Der Rubin soll roter sein als eine rote Rose und der Saphir so blau wie das weite Meer.«

»Unten auf dem Platz«, sagte der glückliche Prinz, »steht ein kleines Zündhölzchenmädel, die hat ihre Zündhölzchen in die Gosse fallen lassen, und nun sind sie alle verdorben. Ihr Vater wird sie schlagen, wenn sie kein Geld nach Hause bringt, und dann weint sie. Sie hat weder Schuhe noch Strümpfe und ihr kleiner Kopf ist bloß. Picke nur das andere Auge aus und bring es ihr und ihr Vater wird sie nicht schlagen.«

»Ich will noch eine Nacht bei dir bleiben«, sagte der Schwälberich, »aber ich kann dein anderes Auge nicht auspicken. Dann wärest du ja ganz blind.«

»Schwälbchen, Schwälbchen, liebes Schwälbchen«, sagte der Prinz, »tu, wie ich dir befahl.«

So pickte der kleine Vogel dem Prinzen auch das andere Auge aus und flog damit hernieder. Es flitzte an dem Zündhölzchenmädel vorüber und ließ das Juwel in ihre Hand fallen. »Welch ein entzückendes Stückchen Glas!«, rief das kleine Mädchen und lief lachend nach Hause.

Dann kam das Schwälbchen zurück zum Prinzen. »Nun bist du blind«, sagte es, »und ich werde immer bei dir bleiben.«

»Nein, kleines Schwälbchen«, sagte der Prinz, »du musst fort nach Ägypten.«

»Ich will immer bei dir bleiben«, sagte das Schwälbchen und schlief zu den Füßen des Prinzen ein.

Den ganzen nächsten Tag saß der Vogel auf des Prinzen Schulter und erzählte ihm Geschichten von all den fremden Ländern, die es gesehen hatte. Es erzählte ihm von den roten Ibissen, die in langen Reihen an den Ufern des Nils stehen und Goldfische mit ihren Schnäbeln fangen; von der Sphinx, die so alt ist wie die Welt und in der Wüste lebt und alles weiß; von Kaufleuten, die langsam neben den Kamelen einhertrotten und Ambrakügelchen durch die Finger gleiten lassen; vom König der Mondberge, der so schwarz ist wie Ebenholz und einen großen Kristall anbetet; von der langen grünen Schlange, die auf einer Palme lebt und zwanzig Priester hat, die sie mit Honigkuchen füttern; und von den Pygmäen, die auf breiten flachen Blättern über einen großen See hinsegeln und immer mit den Schmetterlingen Krieg führen.

»Liebes, kleines Schwälbchen«, sagte der Prinz, »du erzählst mir von wunderbaren Dingen, aber wunderbarer als alles ist das

Leiden von Mann und Weib. Das Mysterium des Elends ist das größte von allen. Fliege über meine Stadt, kleines Schwälbchen, und erzähle mir, was du darin siehst.«

So flog denn der Schwälberich über die große Stadt und sah, wie die Reichen glücklich waren in den schönen Häusern, indes die Bettler vor den Toren kauerten. Es flog in dunkle Gässchen und sah die bleichen Gesichter hungernder Kinder, die mit abgestumpften Blicken gleichgültig die schwarze Straße hinabschauten. Unter einem Brückenbogen lagen zwei kleine Knaben, einer in des andern Arm, und versuchten, aneinander warm zu werden. »Wir haben solchen Hunger«, sagten sie. »Ihr dürft hier nicht liegen!«, schrie der Wächter sie an und sie wanderten hinaus in den Regen.

Da flog das Schwälbchen zurück und erzählte dem Prinzen, was es gesehen hatte.

»Ich bin ganz bedeckt mit feinem Gold«, sagte der Prinz, »und das musst du ablösen, Blättchen für Blättchen. Dann gib es meinen Armen. Die Lebenden glauben immer, dass sie das Gold glücklich machen kann.«

Das Schwälbchen pickte Blättchen für Blättchen des feinen Goldes fort, bis der glückliche Prinz ganz stumpf und düster aussah. Und Blättchen für Blättchen des feinen Goldes brachte das Schwälbchen den Armen und die Gesichter der Kindlein wurden rosig und sie lachten und spielten in den Straßen und riefen: »Nun haben wir Brot!«

Dann kam der Schnee und nach dem Schnee kam der Frost. Die Straßen sahen aus, als wären sie mit Silber gepflastert, und sie glänzten und glitzerten. Lange Eiszapfen hingen gleich kristallenen Dolchen von den Dachtraufen der Häuser herab, die Leute gingen in dicken Pelzen und die kleinen Buben trugen scharlachrote Mützen mit Ohrenklappen und liefen Schlittschuh auf dem Eis. Dem armen kleinen Schwälbchen wurde kälter und kälter, aber es wollte den Prinzen nicht verlassen, denn es liebte ihn zu sehr. Es pickte Brotkrumen vor des Bäckers Tür auf, wenn der

Bäcker gerade nicht hinsah, und versuchte, sich zu erwärmen, indem es mit den Flügeln schlug.

Aber endlich wusste der Schwälberich, dass er sterben müsse. Er hatte gerade noch so viel Kraft, um noch einmal auf die Schulter des Prinzen zu flattern. »Leb wohl, teurer Prinz!«, wisperte er ganz leise; »willst du mich deine Hand küssen lassen?«

»Ich bin froh, dass du endlich nach Ägypten gehst, kleines Schwälbchen!«, sagte der Prinz. »Du bist zu lange hier geblieben, lieber Vogel. Aber du musst mich auf die Lippen küssen, denn ich liebe dich!«

»Ich gehe nicht nach Ägypten«, sagte das Schwälbchen. »Ich gehe zum Haus des Todes. Der Tod ist der Bruder des Schlafes, nicht wahr?«

Und das Schwälbchen küsste den glücklichen Prinzen auf die Lippen und fiel tot zu seinen Füßen nieder.

In diesem Augenblick gab es ein merkwürdiges Knacken in der Bildsäule, als ob etwas gebrochen sei. Und wirklich war das bleierne Herz in zwei Teile gesprungen. Der Frost war aber auch furchtbar streng.

Früh am nächsten Morgen spazierte der Bürgermeister unten auf dem Platz in Gesellschaft der Stadträte. Als sie an der Säule vorüberkamen, sah er an dem Standbild hinauf.

»O du meine Güte«, sagte er, »wie schäbig doch der glückliche Prinz aussieht!«

»Schrecklich schäbig!«, riefen die Stadträte, die immer mit dem Bürgermeister einer Meinung waren; und sie gingen hinauf, um die Sache näher in Augenschein zu nehmen.

»Der Rubin ist aus dem Schwertgriff herausgefallen, seine Augen sind fort und die Vergoldung ist weg«, sagte der Bürgermeister. »Er sieht wirklich aus wie ein Bettler.«

»Ganz wie ein Bettler«, sagten die Stadträte.

»Und da liegt noch ein toter Vogel zu seinen Füßen«, fuhr der Bürgermeister fort. »Wir müssen wirklich eine Verordnung erlassen, dass die Vögel hier nicht sterben dürfen.« Und der Stadtschreiber notierte sich den wichtigen Vorschlag.

Und so wurde das Standbild des glücklichen Prinzen von seiner Säule heruntergenommen.

»Da es nicht mehr schön ist, hat es auch weiter keinen Zweck mehr«, sagte der Professor der Kunstgeschichte an der Universität.

Dann wurde die Statue in einem Brennofen eingeschmolzen und der Bürgermeister rief eine Ratssitzung ein, um zu entscheiden, was mit dem Metall zu geschehen habe. »Wir müssen natürlich ein anderes Denkmal haben«, sagte er, »und das soll mein Bildnis sein.«

»Mein Bildnis!«, sagte jeder der Stadträte und sie gerieten in Streit. Als ich zuletzt von ihnen hörte, zankten sie sich noch immer darum.

»Wie merkwürdig«, sagte der Werkführer in der Schmelzhütte. »Dieses gebrochene Bleiherz will im Ofen nicht schmelzen. Wir müssen es wohl wegwerfen.« So warfen sie es auf einen Schutthaufen, wo auch schon das tote Schwälbchen lag.

»Bringe mir die beiden kostbarsten Dinge aus dieser Stadt«, sagte Gott zu einem seiner Engel. Und der Engel brachte ihm das bleierne Herz und den toten Vogel.

»Du hast gut gewählt«, sagte Gott; »denn im Garten des Paradieses soll dieser kleine Vogel nun für Ewigkeit singen und in meiner goldenen Stadt soll mich der glückliche Prinz lobpreisen.«

Die Nachtigall und die Rose

»Sie sagt, dass sie mit mir tanzen würde, wenn ich ihr rote Rosen brächte!«, rief der junge Student. »Aber in meinem ganzen Garten ist keine rote Rose.«

Die Nachtigall hörte ihn aus ihrem Nest in der Steineiche und lugte durch das Blätterwerk und wunderte sich.

»Wirklich keine einzige rote Rose in meinem ganzen Garten!«, rief er aus und seine schönen Augen füllten sich mit Tränen. »Ach, von welchen kleinen Dingen das Glück zuweilen abhängt. Ich habe alles gelesen, was die weisen Männer geschrieben haben, alle Geheimnisse der Philosophie sind mir kund, und weil ich keine rote Rose habe, möchte ich am Leben verzweifeln!«

»Da ist endlich einmal ein treuer Liebhaber«, sagte die Nachtigall. »Zur Nacht habe ich von ihm gesungen, obgleich ich ihn nicht kannte. Nacht für Nacht habe ich seine Geschichte den Sternen erzählt und nun sehe ich ihn endlich einmal von Angesicht. Sein Haar ist dunkel wie die Hyazinthe und seine Lippen sind rot wie die Rose seiner Sehnsucht. Aber Leidenschaft gab seinem Gesicht die Farbe des bleichen Elfenbeins und der Kummer drückte ihm sein Siegel auf die Stirn.«

»Der Prinz gibt morgen Abend einen Ball«, murmelte der junge Student; »und sie, die ich liebe, wird dort sein. Wenn ich ihr eine rote Rose bringe, wird sie mit mir tanzen, bis der Morgen anbricht. Wenn ich ihr eine rote Rose bringe, werde ich sie an meiner Brust halten und ihre Hand wird in meiner Hand liegen. Aber es gibt keine rote Rose in meinem Garten und so werde ich einsam sitzen und sie wird an mir vorübergehen. Sie wird sich um mich nicht kümmern und das Herz wird mir brechen.«

»Das ist wirklich ein treuer Liebhaber«, sagte die Nachtigall. »Was ich besinge, leidet er. Was für mich Freude ist, ist für ihn Schmerz. Es ist wirklich etwas Wundervolles um die Liebe. Liebe ist kostbarer als Smaragd und wertvoller als der feinste Opal. Man kann sie nicht kaufen um Perlen und Granate und sie ist auf keinem Markt zu haben. Sie ist bei den Händlern nicht feil und sie kann auf der Goldwaage nicht gewogen werden.«

»Die Musiker werden auf der Galerie sitzen«, sagte der Student, »und sie werden die Saiten ihrer Instrumente streichen und sie, die ich liebe, wird tanzen zum Ton der Harfen und Geigen. Sie wird so leicht tanzen, dass ihre Füßchen kaum den Boden berühren, und die Hofleute in ihren bunten Staatsgewändern werden sie umlagern. Aber mit mir wird sie nicht tanzen, denn ich habe keine rote Rose, um sie ihr zu geben«, und er warf sich ins Gras und vergrub sein Gesicht in den Händen und weinte.

»Warum weint er denn?«, fragte ein kleines Eidechslein, das mit dem Schwänzlein waagerecht in der Luft vorüberrannte.

»Warum weint er denn?«, fragte ein Schmetterling, der hinter einem Sonnenstrahl einherhuschte.

»Warum weint er denn?«, flüsterte ein Gänseblümchen mit seiner weichen, tiefen Stimme seinem Nachbarn zu.

»Er weint um eine rote Rose!«, sagte die Nachtigall.

»Um eine rote Rose?«, riefen alle, »wie lächerlich!« Und die kleine Eidechse, die ein bisschen zynisch veranlagt war, lachte aus vollem Hals.

Aber die Nachtigall verstand den geheimnisvollen Kummer des Studenten und saß schweigend in ihrem Baum und dachte über das Geheimnis der Liebe nach.

Plötzlich breitete sie ihre braunen Flügel aus und erhob sich in die Luft. Sie huschte wie ein Schatten durch den Hain und segelte wie ein Schatten durch den Garten.

In der Mitte des Grasplatzes stand ein schöner Rosenstock, und als sie ihn erblickte, flog sie darauf zu und setzte sich auf einen Zweig.

»Gib mir eine rote Rose«, sagte sie, »und ich will dir mein süßestes Lied singen.«

Aber der Strauch schüttelte den Kopf.

»Meine Rosen sind weiß, weiß wie der Schaum des Meeres und weißer als der Schnee auf den Bergen. Aber geh zu meinem Bruder, der drüben um die alte Sonnenuhr wächst, vielleicht gibt er dir, was du wünschst.«

So flog denn die Nachtigall zum Rosenstrauch hinüber, der sich um die alte Sonnenuhr rankte. »Gib mir eine rote Rose«, sagte sie, »und ich will dir mein süßestes Lied singen.« Aber der Strauch schüttelte den Kopf.

»Meine Rosen sind gelb«, antwortete er, »so gelb wie das Haar des Meermädchens, das auf einem Bernsteinthron sitzt, und gelber als die Narzisse, die auf den Wiesen blüht, bevor der Schnitter mit seiner Sense kommt. Aber geh zu meinem Bruder, der unter dem Fenster des Studenten steht, vielleicht gibt er dir, was du wünschst.«

So flog die Nachtigall zum Rosenstrauch, der unter dem Fenster des Studenten blühte.

»Gib mir eine rote Rose«, sagte sie, »und ich werde dir mein süßestes Lied singen.«

Aber der Strauch schüttelte den Kopf.

»Meine Rosen sind rot«, sagte er, »so rot wie die Füße der Taube und roter als die korallenen Fächer, die die Meerflut in tiefster Grotte auf- und niederbewegt. Aber der Winter hat meine Adern erstarrt, und der Frost hat meine Knospen zernagt, und der Sturm hat meine Zweige gebrochen, und so werde ich dieses Jahr keine Rosen mehr tragen.«

»Eine einzige rote Rose ist alles, was ich haben will«, sagte die Nachtigall. »Eine einzige rote Rose. Gibt es denn keinen Weg, sie mir zu verschaffen?«

»Es gibt einen Weg«, antwortete der Rosenstrauch, »aber er ist so schrecklich, dass ich ihn dir kaum zu nennen wage.«

»Nenn ihn mir nur«, sagte die Nachtigall, »ich fürchte mich nicht.«

»Wenn du eine rote Rose haben willst«, sagte der Strauch, »so forme sie aus deinen Liedern im Licht des Mondes und färbe sie mit deinem eigenen Herzblut. Du musst mir dein Lied singen und dir dabei einen Dorn in die Brust drücken. Die ganze Nacht musst du singen für mich und der Dorn muss dein Herz durchbohren. Und dein Lebensblut muss durch meine Adern fließen und mein werden.«

»Sterben ist ein hoher Preis für eine rote Rose«, rief die Nachtigall, »und das Leben ist allen teuer. Es ist so schön, im grünen Wald zu sitzen und zu sehen, wie die Sonne in goldener Karosse herauffährt und wie der Mond kommt in seiner Perlenkutsche. Süß ist der Duft des Weißdorns und süß sind die Glockenblumen, die heimlich im Tal blühen, und das Heidekraut ist süß, das auf den Hügeln prangt. Aber Liebe ist mehr als Leben, und was ist das Herz eines Vogels im Vergleich zum Herzen eines Menschen?«

Und so breitete sie ihre braunen Flügel zum Flug aus und erhob sich in die Luft. Sie flog wie ein Schatten durch den Garten und segelte wie ein Schatten durch den Hain.

Der junge Student lag noch immer im Gras, wo sie ihn verlassen hatte, und die Tränen waren in seinen schönen Augen noch immer nicht getrocknet.

»Werde glücklich«, rief die Nachtigall, »werde glücklich! Denn du sollst deine rote Rose haben. Ich will sie formen aus meinen Liedern im Licht des Mondes und mit meinem eigenen Herzblut will ich sie färben. Alles, was ich von dir dafür verlange, ist, dass du ein treuer Liebhaber bleibst, denn Liebe ist weiser als Philosophie, so weise diese sein mag, und mächtiger als Kraft, so mächtig diese sein mag. Flammenfarbig sind ihre Flügel und flammenfarbig ist ihr Leib. Ihre Lippen sind süß wie Honig und ihr Atem ist wie der Weihrauch.«

Der Student blickte vom Rasen auf und horchte, aber er konnte nicht verstehen, was ihm die Nachtigall sang, denn er wusste nur die Dinge, die in den Büchern geschrieben stehen.

Aber der Eichbaum verstand jedes Wort und wurde sehr traurig, denn er liebte die kleine Nachtigall, die in seinen Zweigen ihr Nest gebaut hatte.

»Sing mir noch ein letztes Lied«, flüsterte er. »Ich werde sehr einsam sein, wenn du fort bist.«

Und die Nachtigall sang dem Eichbaum ein Lied und ihre Stimme war dem Wasser gleich, das aus einer silbernen Schale sprudelt.

Als sie ihr Lied beendet hatte, stand der Student auf und zog ein Notizbuch und einen Bleistift aus der Tasche.

»Sie hat ihre Kunst«, sagte er zu sich selbst, als er aus dem Hain schritt, »das ist unleugbar; aber hat sie auch Gefühl? Ich glaube kaum. Sie gleicht den meisten Künstlern: Alles ist Stil, nichts innerliches Gefühl. Sie würde sich für andere nicht aufopfern. Sie denkt ausschließlich an ihre Musik und jedermann weiß ja, wie egoistisch die Künstler sind. Aber man muss zugeben, dass sie einige sehr schöne Töne in der Kehle hat. Jammerschade, dass sie keinen tieferen Sinn haben und praktisch nichts bedeuten!« Und er ging in sein Zimmer und legte sich auf sein schmales Bett und begann, über seine Liebe nachzudenken; und nach kurzer Zeit schlief er ein.

Und als der Mond am Himmel prangte, flog die Nachtigall zum Rosenstrauch und drückte ihre Brust gegen einen Dorn. Die ganze Nacht sang sie, den Dorn gegen ihre Brust gepresst, und der kalte, kristallene Mond neigte sich herab und hörte zu. Die ganze Nacht sang sie und der Dorn drang immer tiefer und tiefer in ihre Brust und ihr Lebensblut vertröpfelte immer mehr und mehr.

Sie sang zuerst vom Werden und Wachsen der Liebe im Herzen eines Jünglings und eines Mädchens. Und auf dem obersten Zweig des Rosenstrauchs entspross eine wunderbare Rose, und Blatt fügte sich an Blatt, wie sich Ton an Ton fügte. Zuerst war sie bleich wie der Nebel, der über dem Fluss dämmert, bleich wie die Füße des Morgens und silbern wie die Schwingen der Dämmerung. Wie der Schatten einer Rose in einem Silberspiegel, wie der Schatten einer Rose in einem Teich, so war die Rose, die da aufblühte am obersten Zweig des Rosenstrauchs.

Aber der Strauch rief der Nachtigall zu, den Dorn tiefer einzudrücken. »Drück ihn tiefer, kleine Nachtigall«, rief der Strauch, »sonst kommt der Tag, bevor die Rose vollendet ist.«

So drückte die Nachtigall den Dorn tiefer und tiefer in ihre warme Brust und lauter und lauter erklang ihr Lied, denn sie sang vom Erwachen der Leidenschaft in der Seele eines Mannes und einer Jungfrau.

Und ein zart gehauchtes Rot erschien auf den Blättern der Rose, wie sich die Wange des Bräutigams rötet, wenn er die Lippen der Braut küsst. Aber der Dorn hatte ihr Herz noch nicht erreicht und so blieb das Herz der Rose weiß, denn nur das Herzblut einer Nachtigall färbt das Herz einer Rose mit dem tiefen Rot.

Und der Strauch rief der Nachtigall zu, den Dorn tiefer einzudrücken. »Drück ihn tiefer, kleine Nachtigall«, rief der Strauch, »sonst kommt der Tag, bevor die Rose vollendet ist.«

So drückte die Nachtigall den Dorn tiefer und tiefer in ihre warme Brust und der Dorn berührte ihr Herz und sie fühlte den heftigen Stich eines Schmerzes. Der Schmerz war groß, und wilder und wilder wurde ihr Gesang, denn sie sang von der Liebe, die der Tod heiligt, von der Liebe, die auch im Grab nicht stirbt.

Und die wunderbare Rose wurde rot wie die Rose des östlichen Himmels. Rot war der Kranz ihrer Blätter und rot wie ein Rubin war ihr Herz.

Aber die Stimme der Nachtigall wurde schwächer und ihre kleinen Flügel fingen an, zuckend zu schlagen, und über ihre Augen legte sich ein leichter Schleier. Schwächer und schwächer wurde ihr Gesang und sie fühlte etwas in der Kehle.

Dann brach noch einmal das Lied schluchzend aus ihr hervor. Der weiße Mond hörte es und vergaß zu sinken und verweilte am Himmel. Die rote Rose hörte es und alle ihre Blätter zitterten vor Wonne und öffneten sich der kühlen Morgenluft. Das Echo trug es in seine purpurne Höhle in den

Bergen und weckte die schlafenden Schäfer aus ihren Träumen. Das Lied zitterte durch das Schilf am Ufer und das Schilf gab die Botschaft weiter bis ans Meer.

»Schau, schau«, rief der Strauch, »jetzt ist die Rose vollendet.« Aber die Nachtigall gab keine Antwort, denn sie lag tot im hohen Gras mit dem Dorn in ihrem Herzen.

Um Mittag öffnete der Student sein Fenster und schaute hinaus.

»Welch ein seltsames Glück«, rief er, »da ist ja eine rote Rose. Ich habe in meinem ganzen Leben keine ähnliche Rose gesehen. Sie ist so schön, dass sie sicher einen langen lateinischen Namen hat.« Und er lehnte sich zum Fenster hinaus und pflückte sie.

Dann setzte er sich den Hut auf und rannte hinüber zum Haus des Professors, mit der Rose in der Hand.

Des Professors Töchterlein saß im Torweg und haspelte blaue Seide auf eine Spule und ihr kleiner Hund lag ihr zu Füßen.

»Sie sagten mir, dass Sie mit mir tanzen würden, wenn ich Ihnen eine rote Rose brächte«, sagte der Student. »Hier ist die schönste rote Rose der ganzen Welt. Sie werden sie heute Nacht an ihrem Herzen tragen, und wenn wir zusammen tanzen, wird sie Ihnen sagen, wie sehr ich Sie liebe.«

Aber das junge Mädchen kräuselte den Mund. »Ich glaube nicht, dass die Rose zu meinem Kleid passen wird«, antwortete sie. »Und überdies hat mir der Neffe des Kammerherrn echte Juwelen geschickt und jedermann weiß, dass Juwelen mehr wert sind als Blumen.«

»Sie sind wirklich höchst undankbar«, sagte der Student gereizt und warf die Rose auf die Straße, wo sie in die Gosse fiel und von einem Karren überfahren wurde.

»Undankbar?«, sagte das Mädchen. »Sie betragen sich wirklich recht ungezogen, mein Herr. Und überdies, wer sind Sie denn eigentlich? Nur ein Student. Ich glaube nicht einmal, dass Sie silberne Schnallen an Ihren Schuhen haben wie der Neffe des Kammerherrn.« Und sie stand von ihrem Stuhl auf und ging ins Haus.

»Liebe ist doch etwas recht Dummes«, sagte der Student, als er heimging. »Sie ist nicht halb so nützlich wie die Logik, denn sie beweist nichts und erzählt einem immer nur von Dingen, die doch nicht eintreffen, und macht einen immer nur an Dinge glauben, die doch nicht wahr sind. Sie ist wirklich sehr unpraktisch und heutzutage ist praktisch zu sein die Hauptsache. Da kehre ich doch lieber wieder zur Philosophie zurück und studiere Metaphysik.«

So ging er denn auf sein Zimmer, suchte ein dickes, staubiges Buch hervor und begann zu lesen.

Der selbstsüchtige Riese

Jeden Nachmittag gingen die Kinder, wenn sie aus der Schule kamen, in den Garten des Riesen, um dort zu spielen.

Es war ein großer hübscher Garten mit weichem, grünem Gras. Da und dort lugten schöne Blumen gleich Sternen aus dem Gras hervor, und zwölf Pfirsichbäume waren da, die im Frühling zarte, weißlich rote Blüten trugen und im Herbst von Früchten schwer waren. Die Vögel wiegten sich auf den Bäumen und sangen so süß, dass die Kinder zuweilen im Spielen aufhörten, um ihnen zuzuhören. »Wie glücklich wir doch sind!«, riefen sie einander zu.

Eines Tages kam der Riese zurück. Er hatte seinen Freund, den gehörnten Menschenfresser, besucht und war bei ihm sieben Jahre lang geblieben. Als die sieben Jahre um waren, hatte er ihm alles gesagt, was er ihm zu sagen hatte, denn sein Unterhaltungstalent war beschränkt, und so beschloss er denn, in sein Schloss zurückzukehren. Als er ankam, sah er die Kinder in seinem Garten spielen.

»Was treibt ihr hier?«, rief er sehr verdrießlich. Und die Kinder liefen davon. »Mein Garten ist mein Garten«, sagte der Riese, »das muss jedermann einsehen und nur ich darf darin spielen.« Deshalb zog er eine hohe Mauer um den Garten und pflanzte eine Warnungstafel auf.

Das Betreten dieses Gartens ist verboten!

Er war eben ein sehr selbstsüchtiger Riese.

Die armen Kinder aber wussten jetzt nicht mehr, wo sie spielen sollten. Sie versuchten auf der Straße zu spielen, aber die Straße war sehr staubig und voll harter Steine und das mochten sie nicht leiden. Sie wanderten, wenn die Schule aus war, um die hohe Mauer, und schwärmten von dem Garten, der dahinter lag. »Wie glücklich waren wir da!«, sagten sie zueinander.

Dann kam das Frühjahr und im ganzen Land gab es kleine Blüten und kleine Vögel. Nur im Garten des selbstsüchtigen Riesen war immer noch Winter. Die Vögel hatten keine Lust zu singen, da keine Kinder mehr da waren, und die Bäume vergaßen zu blühen. Einmal steckte zwar eine schöne Blume ihr Köpfchen aus dem Gras, doch als sie die Warnungstafel sah, taten ihr die Kinder so leid, dass sie in die Erde zurückschlüpfte und wieder schlafen ging. Die einzigen Leute, die sich darüber höchlich zufrieden zeigten, waren der Schnee und der Frost.

»Der Frühling hat den Garten vergessen«, riefen sie, »so werden wir das ganze Jahr hindurch hier leben!« Der Schnee bedeckte das Gras mit einem großen weißen Mantel und der Frost strich alle Bäume silberweiß an. Dann luden sie den Nordwind ein, zu ihnen zu kommen, und er kam. Er war ganz in Pelze gewickelt und schrie den ganzen Tag im Garten herum und blies die Schornsteine von den Dächern. »Hier ist gut sein«, sagte er, »wir müssen den Hagel auch einmal zu Besuch herbitten.« Und so kam der Hagel. Jeden Tag prasselte er drei Stunden lang auf das Dach des Schlosses herunter, bis er die meisten Dachziegel zerbrochen hatte, und dann lief er im Garten herum, so rasch er konnte. Er war ganz grau gekleidet und sein Atem war wie Eis.

»Ich verstehe nicht, warum der Frühling dieses Jahr so spät kommt«, sagte der selbstsüchtige Riese, der am Fenster saß und in seinen kalten weißen Garten hinausblickte. »Ich hoffe, das Wetter wird sich bald ändern!«

Aber der Frühling kam nicht und der Sommer kam auch nicht. Der Herbst bescherte jedem Garten goldene Früchte, aber im Garten des Riesen gab es keine. »Er ist so selbstsüchtig«, sagte der Herbst. So blieb es dort nun immer Winter und der

Nordwind, der Hagel und der Schnee tanzten um die Bäume herum.

Eines Morgens lag der Riese wach in seinem Bett, als er eine wunderliebliche Musik hörte. Es klang so süß an sein Ohr, dass er glaubte, des Königs Musikanten zögen vorbei. Es war aber nur ein Hänfling, der draußen vor dem Fenster sang. Nur war es so lange her, dass er keinen Vogel mehr in seinem Garten hatte singen hören, dass ihm die Stimme des Hänflings wie die schönste Musik der Welt vorkam. Dann hörte der Hagel auf, über seinem Kopf zu tanzen, und der Nordwind brüllte nicht mehr und ein wunderbarer Duft drang durchs offene Fenster zu ihm. »Ich glaube, der Frühling kommt endlich!«, sagte der Riese. Und er sprang aus dem Bett und sah hinaus.

Und was sah er da?

Da sah er etwas ganz Wunderbares. Durch ein kleines Loch in der Mauer waren die Kinder in den Garten geschlüpft und saßen nun in den Zweigen der Bäume. In jedem Baum, den er sehen konnte, saß ein kleines Kind. Und die Bäume waren so glücklich, die Kinder wieder bei sich zu haben, dass sie sich mit Blüten bedeckt hatten und ihre Arme über den Köpfen der Kinder anmutig hin- und herwiegten. Die Vögel flogen umher und zwitscherten voll Entzücken und die Blumen guckten durch das grüne Gras und lachten. Es war ein entzückender Anblick. Nur in einem Winkel des Gartens war noch Winter. Es war die entfernteste Ecke des Gartens und dort stand ein kleiner Junge. Er war so klein, dass er die Zweige nicht erreichen konnte, und so trippelte er immer um den Stamm herum und weinte bitterlich. Der arme Baum war noch ganz bedeckt mit Schnee und Reif und der Nordwind blies und brüllte um ihn her. »Komm doch herauf, kleiner Junge«, sagte der Baum und bog seine Zweige, so tief er konnte. Aber der Junge war zu klein.

Und des Riesen Herz schmolz, als er hinaussah. »Wie selbstsüchtig ich doch gewesen bin!«, sagte er. »Nun weiß ich, warum der Frühling nicht kommen wollte. Ich will den armen kleinen Buben auf die Spitze des Baumes setzen und dann will ich die Mauer niederreißen und mein Garten soll für ewige Zeiten ein Spielplatz sein.« Es tat ihm wirklich leid, dass er so selbstsüchtig gewesen war.

So schlich er denn die Treppe hinunter und öffnete ganz leise die Haupttür und ging in den Garten hinaus. Als ihn aber die Kinder erblickten, erschraken sie so, dass sie alle davonstürmten und hinaus auf die Straße liefen, und sogleich war wieder Winter im Garten. Nur der kleine Bube lief nicht fort, denn seine Augen waren so von Tränen verschleiert, dass er den Riesen nicht kommen sah. Und der Riese stahl sich leise hinter ihn heran und nahm ihn sanft in seine Hand und setzte ihn auf den Baum hinauf. Und sofort bedeckte sich der Baum mit Blüten und die Vögel kamen und sangen darin und der kleine Bursche streckte seine beiden Ärmchen aus und schlang sie um des Riesen Hals und küsste ihn. Und als die anderen Kinder sahen, dass der Riese gar nicht mehr böse war, kamen sie zurückgelaufen und mit ihnen kam auch der Frühling. »Das ist jetzt euer Garten, liebe Kinder!«, sagte der Riese und nahm eine große Axt und schlug die Mauer nieder. Und als die Leute mittags zum Markt gingen, sahen sie, wie der Riese mit den Kindern in seinem Garten spielte und wie sein Garten der schönste der Welt war.

Den ganzen Tag spielten sie und am Abend kamen sie zum Riesen, um ihm Lebewohl zu sagen.

»Wo ist aber euer kleiner Kamerad«, fragte er, »der Junge, den ich in den Baum hinaufgehoben habe?« Der Riese liebte ihn am meisten, weil er ihn geküsst hatte.

»Das wissen wir nicht«, sagten die Kinder, »er ist fortgegangen!«

»Ihr müsst ihm sagen, ja sicher morgen wiederzukommen«, bat der Riese. Aber die Kinder sagten, sie wüssten nicht, wo er wohne, und sie hätten ihn nie zuvor gesehen. Und da wurde der Riese sehr traurig.

Jeden Nachmittag, wenn die Schule aus war, kamen die Kinder und spielten mit dem Riesen. Aber der kleine Bursche, den der Riese liebte, ließ sich nicht wieder sehen. Der Riese war sehr lieb zu allen Kindern, aber doch sehnte er sich nach seinem ersten kleinen Freund und sprach oft von ihm. »Wie gern möcht ich ihn einmal wiedersehen!«, pflegte er zu sagen.

Jahre gingen vorüber und der Riese wurde sehr alt und schwach. Er konnte nicht mehr herumtollen und saß in seinem riesigen Lehnstuhl, schaute den Kindern bei ihren Spielen zu und freute sich über seinen Garten. »Ich habe viel schöne Blumen«, sagte er, »aber die Kinder sind doch die allerschönsten Blumen von allen.«

Eines Wintermorgens sah er aus seinem Fenster, als er sich gerade ankleidete. Er hasste jetzt auch den Winter nicht mehr, denn er wusste, dass der Frühling schlief und dass ihm die Blumen blieben.

Plötzlich rieb er sich ganz verwundert die Augen und schaute und schaute. Was er sah, war wirklich höchst wunderbar. In der fernsten Ecke des Gartens stand ein Baum, ganz bedeckt mit herrlichen weißen Blüten. Seine Zweige waren aus eitel Gold und silberne Früchte hingen von ihnen hernieder und darunter stand wieder der kleine Knabe, den er so geliebt hatte.

Der Riese lief in großer Freude die Treppe hinunter und hinaus in den Garten. Er eilte durch das Gras und näherte sich dem Kind. Doch als er nahe herangekommen war, wurde sein Gesicht ganz rot vor Wut und er rief: »Wer hat es gewagt, dich zu verwunden?« Denn in den Flächen der Kinderhändchen waren die Male von zwei Nägeln und die Male von zwei Nägeln waren auf den kleinen Füßen.

»Wer hat es gewagt, dich zu verwunden?«, schrie der Riese. »Sag es mir und ich nehme ein großes Schwert und schlage ihn nieder!«

»Nein, nein!«, antwortete das Kind, »denn dies sind die Wunden der Liebe.«

»Wer bist du?«, sagte der Riese und eine seltsame Scheu befiel ihn und er kniete vor dem kleinen Kind nieder.

Und das Kind lächelte den Riesen an und sagte: »Du hast mich einmal in deinem Garten spielen lassen, heute sollst du mit mir kommen in meinen Garten, und das ist das Paradies.«

Und als die Kinder nachmittags in den Garten stürmten, fanden sie den Riesen tot unter dem Baum liegen, ganz bedeckt mit weißen Blüten.

Lord Arthur Saviles Verbrechen

Eine Groteske über die Pflicht

I

Es war Lady Windermeres letzter Empfang vor Ostern und Bentinck House war noch besuchter als gewöhnlich. Sechs Minister des Kabinetts waren direkt vom Morgenempfang des Präsidenten gekommen mit allen ihren Sternen und Ordensbändern, all die anmutigen Damen trugen ihre schönsten Toiletten und am Ende der Gemäldegalerie stand die Prinzessin Sophia von Karlsruhe, eine umfangreiche Dame mit einem Tatarenkopf, mit kleinen schwarzen Augen und wundervollen Smaragden, und sie sprach sehr laut ein schlechtes Französisch und lachte unmäßig über alles, was man zu ihr sagte. Es flutete ein wundervolles Gemisch von Menschen durcheinander: Peersfrauen in all ihrer Pracht plauderten liebenswürdig mit verbissenen Radikalen, volkstümliche Prediger streiften mit ihren Ellbogen die Ellbogen bedeutender Skeptiker, ein ganzes Rudel von Bischöfen trottete Schritt für Schritt und von Zimmer zu Zimmer einer üppigen Primadonna nach, auf der Treppe standen einige Mitglieder der königlichen Akademie als Künstler verkleidet und es hieß, dass in einem gewissen Augenblick der Speisesaal mit Genies geradezu vollgepfropft gewesen sei. Alles in allem war es einer von Lady Windermeres schönsten Abenden und die Prinzessin blieb bis fast halb zwölf Uhr. Kaum hatte sie sich zurückgezogen, so erschien Lady Windermere wieder in der Gemäldegalerie, wo eben ein berühmter Nationalökonom einem unwillig zuhörenden ungarischen Virtuosen einen feierlichen Vortrag über die wissenschaftliche Theorie der Musik hielt, und die Lady begann, mit der Herzogin von Paisley zu plaudern. Sie sah wundervoll aus mit ihrer üppigen elfenbeinweißen Büste, mit ihren großen Vergissmeinnichtaugen und den schweren Flechten ihres goldenen Haars. Dieses Haar war wirklich wie reines Gold und hatte nicht die blasse Strohfarbe, die sich heute des Goldes edlen Namen anmaßt, nein, es war Gold, wie es in Sonnenstrahlen gewebt ist, wie es im seltsamen Bernstein schimmert. Und dieses Haar gab ihrem Gesicht gleichsam den Rahmen einer Heiligen, der aber ein bisschen vom berückenden Zauber der Sünderin beigemischt war. Sie war ein fesselndes psychologisches Studienobjekt. Sie hatte sehr früh die große Wahrheit entdeckt, dass nichts so sehr der Unschuld gleicht als eine Unbesonnenheit. Und durch eine Reihe von leichtsinnigen Streichen, von denen die Hälfte ganz harmlos war, hatte sie sich alle Vorrechte einer Persönlichkeit erworben. Sie hatte mehr als einmal ihren Gatten gewechselt, Debrett meint sogar, sie hätte drei Mal geheiratet. Aber da sie niemals ihren Liebhaber wechselte, hatte die Welt längst aufgehört, über sie zu klatschen. Sie war nun vierzig Jahre alt, hatte keine Kinder und empfand jene unmäßige Freude am Vergnügen, die das geheimnisvolle Mittel ist, jung zu bleiben.

Plötzlich sah sie sich eifrig im Zimmer um und sagte mit ihrer klaren Altstimme: »Wo ist denn mein Chiromantist?«

»Ihr was, Gladys?«, rief die Herzogin etwas erstaunt.

»Mein Chiromantist, Herzogin. Ich kann jetzt ohne ihn nicht mehr sein.«

»Liebe Gladys, Sie sind immer so originell«, lispelte die Herzogin und versuchte, sich zu erinnern, was ein Chiromantist eigentlich war, wobei sie hoffte, dass es nicht dasselbe war wie ein Chiropodist.

»Er kommt zweimal in der Woche, um meine Hand anzuschauen«, fuhr Lady Windermere fort.

»Großer Gott«, sagte die Herzogin zu sich selbst, »es ist also doch eine Art Chiropodist, hoffentlich aber ein Fremder. Dann wäre es nicht ganz so schlimm.«

»Ich muss ihn Ihnen vorstellen.«

»Ihn mir vorstellen?«, rief die Herzogin. »Ist er denn anwesend?« Und sie suchte ihren kleinen Schildpattfächer und einen ziemlich mitgenommenen Spitzenschal, um jeden Augenblick zur Flucht bereit sein zu können.

»Natürlich; ich würde nicht daran denken, eine Soiree ohne ihn zu geben. Er sagt mir, dass ich eine rein psychische Hand habe und dass ich, wenn mein Daumen nur ein kleines bisschen kürzer wäre, eine vollkommene Pessimistin geworden wäre und heute in einem Kloster säße.«

»Ach so«, sagte die Herzogin und atmete erleichtert auf. »Er ist also ein Wahrsager, nicht? Und er prophezeit Glück?«

»Auch Unglück«, entgegnete Lady Windermere, »so viel Sie wollen. Nächstes Jahr zum Beispiel bin ich, sowohl zu Wasser als zu Lande, in großer Gefahr. Ich habe daher die Absicht, in einem Ballon zu leben. Das steht alles auf meinem kleinen Finger geschrieben oder in meiner Handfläche, ich weiß nicht mehr wo.«

»Aber das heißt doch die Vorsehung versuchen, Gladys?«

»Meine liebe Herzogin, die Vorsehung kann heutzutage sicher der Versuchung widerstehen. Ich glaube, dass jeder Mensch einmal im Monat in seiner Hand lesen lassen müsste, um zu wissen, was er nicht tun soll. Freilich tut man es dennoch, aber es ist doch so hübsch, wenn man gewarnt wird. Und wenn jetzt nicht gleich jemand Mr Podgers holt, so werde ich ihn wohl selbst holen müssen.«

»Erlauben Sie, dass ich ihn hole«, sagte ein schlanker, hübscher junger Mann, der in der Nähe stand und dem Gespräch mit heiterem Lächeln zugehört hatte.

»Ich danke Ihnen, Lord Arthur, aber ich fürchte, Sie werden ihn nicht herausfinden.«

»Wenn er ein so wunderbarer Mensch ist, wie Sie sagen, Lady Windermere, so werde ich ihn wohl kaum verfehlen. Sagen Sie mir nur noch, wie er aussieht, und ich schaffe ihn sofort zur Stelle.«

»Er sieht durchaus nicht wie ein Chiromantist aus. Das heißt, er sieht weder mystisch aus noch esoterisch, auch nicht romantisch. Er ist ein kleiner untersetzter Mann mit einem komischen kahlen Kopf und großer goldener Brille. So ein Mittelding zwischen Hausarzt und Landadvokat, was mir zwar leidtut, aber nicht meine Schuld ist. Alle meine Pianisten sehen wie Dichter aus und alle meine Dichter sehen wie Pianisten aus. Ich erinnere mich, dass ich in der vorigen Saison einen schrecklichen Verschwörer bei mir hatte, der schon eine Unzahl Menschen in die Luft gesprengt hatte, immer ein Panzerhemd und in seinem Hemdärmel einen verborgenen Dolch trug. Und denken Sie sich, als er ankam, sah er gerade so aus wie ein harmloser alter Geistlicher und den ganzen Abend über riss er Witze. Er war sehr unterhaltend, aber ich war äußerst enttäuscht. Und als ich ihn wegen des Panzerhemdes zur Rede stellte, lachte er und sagte, es sei zu kalt, um in England getragen zu werden. Ah, hier ist ja Mr Podgers. Mr Podgers, ich brauche Sie. Sie müssen die Hand der Herzogin lesen. Herzogin, nehmen Sie den Handschuh ab. Nicht den linken, den rechten.«

»Liebe Gladys, ich weiß wirklich nicht, ob ich soll«, sagte die Herzogin und knöpfte einen nicht ganz reinen Glacéhandschuh auf.

»Das fragt man sich bei allen interessanten Dingen«, sagte Lady Windermere. »*On a fait le monde ainsi.* Aber ich muss Sie einander vorstellen. Herzogin, das ist Mr Podgers, mein lieber Chiromantist; Mr Podgers, das ist die Herzogin von Paisley, und wenn Sie sagen, dass ihr Mondberg größer ist als der meine, dann glaube ich Ihnen niemals wieder.«

»Ich bin sicher, Gladys, dass es solche Dinge in meiner Hand nicht gibt«, sagte die Herzogin ernsthaft.

»Euer Gnaden haben ganz recht«, sagte Mr Podgers und prüfte die kleine fette Hand mit den kurzen dicken Fingern. »Der Mondberg ist nicht entwickelt, aber die Lebenslinie ist ausgezeichnet. Bitte beugen Sie ein wenig das Gelenk – so! Drei deutliche Linien auf der Rascetta: Sie werden also ein hohes Alter erreichen, Herzogin, und außerordentlich glücklich sein. Ehrgeiz – sehr mäßig, Intelligenzlinie nicht übertrieben. Herzlinie –«

»Bitte, bitte, vorsichtig, Mr Podgers!«, rief Lady Windermere lachend.

»Ich muss leider sagen«, erwiderte Mr Podgers und verbeugte sich, »dass ich nur eine große Beständigkeit des Herzens sehe, verbunden mit einem strengen Pflichtgefühl.«

»Bitte, fahren Sie nur fort«, sagte die Herzogin und sah sehr vergnügt aus.

»Sparsamkeit ist nicht die letzte von Euer Gnaden Tugenden«, fuhr Mr Podgers fort und Lady Windermere brach in ein belustigtes Lachen aus.

»Sparsamkeit hat sein Gutes«, bemerkte die Herzogin gnädig. »Als ich Paisley heiratete, hatte er elf Schlösser und nicht ein einziges Haus, um darin zu wohnen.«

»Und nun hat er zwölf Häuser und nicht ein einziges Schloss!«, rief Lady Windermere.

»Ach, meine Teure, ich liebe –«

»Den Komfort«, sagte Mr Podgers, »und die modernen Einrichtungen und Warmwasserversorgung in jedem Schlafzimmer.«

»Sie haben den Charakter der Herzogin brillant getroffen, Mr Podgers, und jetzt müssen Sie uns auch den Charakter von Lady Flora enthüllen.« Und auf ein Kopfnicken der lächelnden Hausfrau kam ein hochgewachsenes Mädchen mit sandfarbenem Haar und hohen Schultern verlegen hinter dem Sofa hervor und hielt eine lange knochige Hand mit spinnenhaften Fingern hin.

»Ah, eine Klavierspielerin, wie ich sehe«, sagte Mr Podgers. »Eine ausgezeichnete Pianistin, aber vielleicht nicht sehr musikalisch. Sehr zurückhaltend, sehr ehrlich. Sie lieben Tiere sehr.«

»Das ist wahr!«, rief die Herzogin und wandte sich zu Lady Windermere. »Flora hält in Macloskie zwei Dutzend Collies und möchte sofort unser Stadthaus in eine Menagerie verwandeln, wenn es der Vater erlauben würde.«

»Ich tue ja nichts anderes an jedem meiner Donnerstagabende!«, rief Lady Windermere lachend. »Nur liebe ich Löwen mehr als Collies.«

»Das ist Ihr einziger Fehler, Lady Windermere«, sagte Mr Podgers und verbeugte sich sehr tief.

»Wenn ein Weib seine Fehler nicht mit Reiz umkleiden kann, so ist es nur ein Weibchen«, entgegnete die Lady. »Aber Sie müssen uns zuliebe noch einige Hände studieren. Bitte, Sir Thomas, zeigen auch Sie Mr Podgers Ihre Hand.« Und ein lustig dreinschauender alter Herr mit einer weißen Weste kam heran und hielt eine dicke, raue Hand vor, deren Mittelfinger sehr lang war.

»Eine Abenteurernatur. Sie haben vier lange Reisen hinter sich und eine in Aussicht. Sie haben dreimal Schiffbruch erlitten – nein, nur zweimal, aber die Gefahr eines Schiffbruchs droht Ihrer nächsten Reise. Streng konservativ, sehr pünktlich. Sie sammeln mit Leidenschaft Kuriositäten. Sie hatten eine schwere Krankheit zwischen dem sechzehnten und achtzehnten Jahr und eine große Erbschaft in den Dreißigerjahren. Ihre Abneigung gegen Katzen und Radikale ist groß.«

»Außerordentlich!«, rief Sir Thomas aus. »Sie müssen unbedingt auch die Hand meiner Frau lesen.«

»Ihrer zweiten Frau«, sagte Mr Podgers ruhig und hielt Sir Thomas' Hand noch in der seinen fest. »Ihrer zweiten Frau! Es wird mir ein Vergnügen sein.« Aber Lady Marvel, eine melancholisch aussehende Dame mit braunem Haar und sentimentalen Augenbrauen, lehnte es entschieden ab, dass man ihre Vergangenheit oder Zukunft enthüllte. Und nichts, was auch Lady Windermere versuchte, konnte Monsieur de Roloff, den russischen Gesandten, bewegen, nur seinen Handschuh auszuziehen. Ja, eine Menge Leute schien eine gewisse Furcht zu haben vor dem kleinen seltsamen Mann mit dem stereotypen Lächeln, der goldenen Brille und den kleinen glänzenden Augen; und als er der armen Lady Fermor vor allen Leuten klipp und klar bewies, dass sie gar keinen Sinn für Musik, aber sehr viel für Musiker übrighabe, fühlte man allgemein, dass die Chiromantie eine sehr gefährliche Wissenschaft sei, und noch dazu eine, die man nur unter vier Augen ausüben dürfe.

Lord Arthur Savile aber, der nichts von Lady Fermors unglückseliger Geschichte wusste und Mr Podgers mit großem Interesse beobachtet hatte, war nun äußerst neugierig, seine eigene Hand enträtselt zu sehen, und da er sich etwas scheute, offen mit seinem Wunsch hervorzutreten, so ging er durch das Zimmer bis zu Lady Windermeres Sitz und fragte sie mit einem reizenden Erröten, ob sie wohl glaube, dass Mr Podgers ihm den Gefallen täte.

»Aber gewiss«, sagte Lady Windermere, »deswegen ist er ja hier. Alle meine Löwen, lieber Lord Arthur, sind Löwen, die sich produzieren und durch den Reifen springen, wie ich es ihnen befehle. Aber ich sage Ihnen im Voraus, dass ich Sybil alles wiedererzählen werde. Sie kommt morgen zum Frühstück zu mir – wir haben über Hüte zu reden –, und wenn Mr Podgers herausfinden sollte, dass Sie einen schlechten Charakter haben oder eine Veranlagung zur Gicht oder dass sie bereits ein Weib besitzen, das irgendwo in einer Vorstadt lebt, so werde ich ihr gewiss alles sagen.«

Lord Arthur schüttelte lächelnd den Kopf. »Ich fürchte mich nicht; Sybil kennt mich so gut, wie ich sie kenne.«

»Ah, es tut mir leid, dass Sie so etwas sagen. Die beste Grundlage für eine Ehe ist gegenseitiges Missverstehen. Nein, ich bin durchaus nicht zynisch. Ich habe nur Erfahrungen gesammelt, was übrigens fast auf das Gleiche hinauskommt. – Mr Podgers, Lord Arthur Savile möchte furchtbar gern wissen, was in seiner Hand steht. Aber sie brauchen ihm nicht zu sagen, dass er mit einem der schönsten Mädchen Londons verlobt ist, denn das stand bereits vor einem Monat in der ›Morning Post‹.«

»Liebe Lady Windermere«, rief die Marquise von Jedburgh, »lassen Sie mir Mr Podgers nur noch einen Augenblick. Er hat mir gerade gesagt, dass ich zur Bühne gehen sollte, und das interessiert mich ungemein.«

»Wenn er Ihnen das gesagt hat, Lady Jedburgh, so werde ich ihn gewiss sofort wegrufen. Kommen Sie sogleich herüber, Podgers, und lesen Sie Lord Arthurs Hand.«

»Gut«, sagte Lady Jedburgh und machte ein Schmollmündchen, als sie vom Sofa aufstand, »wenn man mir nicht erlauben will, zur Bühne zu gehen, so will ich mindestens Publikum sein.«

»Wir sind ja alle Publikum«, sagte Lady Windermere. »Und nun, Mr Podgers, erzählen Sie uns etwas recht Hübsches: Lord Arthur ist einer meiner besonderen Lieblinge.«

Als aber Mr Podgers Lord Arthurs Hand erblickte, erblasste er ganz merkwürdig und sagte gar nichts. Ein Schauer schien ihn zu schütteln und seine großen buschigen Augenbrauen zuckten auf eine seltsame, aufgeregte Art, wie immer, wenn er sich in einer schwierigen Lage befand. Dann traten einige Schweißtropfen auf seine gelbe Stirn und seine dicken Finger wurden kalt und klebrig.

Lord Arthur bemerkte diese merkwürdigen Zeichen der Aufregung und zum ersten Mal in seinem Leben fühlte er so etwas wie Furcht. Sein erster Gedanke war, aus dem Zimmer zu stürzen, aber er bezwang sich. Es war besser, das Schlimmste zu erfahren, was es auch sein mochte, als in dieser fürchterlichen Ungewissheit zu verharren.

»Ich warte, Mr Podgers«, sagte er.

»Wir alle warten«, sagte Lady Windermere in ihrer raschen, ungeduldigen Art, doch der Chiromantist gab keine Antwort.

»Ich glaube, Lord Arthur soll zur Bühne gehen«, sagte Lady Jedburgh, »und da Sie vorhin so böse waren, will Mr Podgers es nicht sagen.«

Plötzlich ließ Mr Podgers Lord Arthurs rechte Hand fallen und ergriff seine linke; er beugte sich so tief hinab, um sie zu untersuchen, dass die goldene Brille fast die Handfläche berührte. Einen Augenblick lang glich sein Gesicht einer weißen Maske des Schreckens, aber er gewann seine Fassung rasch wieder und sagte mit einem Blick auf Lady Windermere und mit einem gezwungenen Lächeln: »Es ist die Hand eines reizenden jungen Mannes.«

»Das stimmt«, antwortete Lady Windermere. »Aber wird er auch ein reizender Ehemann werden?«

»Das ist die Bestimmung aller reizenden jungen Männer«, sagte Mr Podgers.

»Ich glaube nicht, dass ein Ehemann gar zu reizend sein sollte«, murmelte Lady Jedburgh nachdenklich. »Das ist gefährlich.«

»Mein liebes Kind, Sie sind niemals zu reizend!«, rief Lady Windermere. »Was ich aber wissen möchte, sind Einzelheiten, denn das sind die einzigen Sachen, für die ich mich interessieren kann. Was wird also mit Lord Arthur geschehen?«

»In den nächsten Monaten wird Lord Arthur eine Reise machen –«

»Seine Hochzeitsreise natürlich.«

»Und eine Verwandte verlieren.«

»Nicht seine Schwester, will ich hoffen«, sagte Lady Jedburgh voll Mitleid in der Stimme.

»Gewiss nicht«, sagte Mr Podgers mit einer abwehrenden Handbewegung. »Nur eine entfernte Verwandte.«

»Ich bin schrecklich enttäuscht«, sagte Lady Windermere, »denn jetzt habe ich Sybil morgen gar nichts zu erzählen. Wer kümmert sich heute um entfernte Verwandte? Die sind schon seit Jahren aus der Mode. Jedenfalls aber werde ich ihr raten, ein schwarzes Seidenkleid bereitzuhalten: Es macht sich immer gut in der Kirche. Und nun wollen wir zu Tisch gehen. Sind Sie müde, Herzogin?«

»Durchaus nicht«, sagte die Herzogin und wackelte zur Tür. »Ich habe mich ausgezeichnet unterhalten und der Chiropodist, ich meine, der Chiromantist ist sehr interessant. Flora, wo kann mein Schildpattfächer sein? Oh, vielen Dank, Sir Thomas, und mein Spitzenschal, Flora? Oh, ich danke Ihnen, Sir Thomas, Sie sind sehr liebenswürdig.« Und die würdige Dame kam endlich glücklich die Treppe herab und hatte dabei ihr Riechfläschchen nur zweimal fallen lassen.

Die ganze Zeit war Lord Arthur Savile beim Kamin stehen geblieben mit dem gleichen Gefühl des Schreckens, mit dem gleichen lähmenden Gefühl eines kommenden Unglücks. Er lächelte seiner Schwester traurig zu, als sie an Lord Plymdales Arm vorüberkam, reizend anzuschauen mit ihrem roten Brokat und ihren Perlen, und er hörte kaum, als ihn Lady Windermere aufforderte, ihr zu folgen. Er dachte an Sybil Merton, und der Gedanke, dass etwas zwischen sie treten könnte, füllte seine Augen mit Tränen.

Wer ihn ansah, hätte glauben können, dass Nemesis das Schild der Pallas gestohlen hätte, um ihm das Medusenhaupt zu zeigen. Er schien in Stein verwandelt und sein Gesicht sah marmorhaft aus in seiner Melancholie. Er hatte das verfeinerte Luxusleben eines jungen Mannes von Rang und Vermögen geführt, ein Leben, wunderbar frei von hässlichem Kummer, herrlich in seiner knabenhaften Sorglosigkeit. Und zum ersten Mal in seinem Leben kam ihm das furchtbare Geheimnis des Schicksals zum Bewusstsein, der schreckliche Sinn des Geschicks.

Wie toll und schrecklich ihm das alles erschien! Konnte irgendein furchtbares Geheimnis der Sünde, irgendein blutrotes Zeichen des Verbrechens in seiner Hand geschrieben stehen, in Hieroglyphen, die er selbst nicht lesen konnte, aber die ein anderer zu entziffern vermochte? War es nicht möglich, diesen Dingen zu entgehen? Sind wir nichts anderes als Schachfiguren, die eine unsichtbare Macht bewegt, nichts anderes als Gefäße, die ein Töpfer dreht, um sie nach Belieben mit Schmach oder Ehre zu füllen? Sein Verstand empörte sich dagegen, und doch fühlte er, dass irgendeine Tragödie über ihm hing und dass ihm plötzlich beschieden worden war, eine unerträgliche Last zu tragen!

Plötzlich trat Mr Podgers ins Zimmer. Als er Lord Arthur erblickte, fuhr er zusammen und sein volles, grobes Gesicht wurde ganz grüngelb. Die Augen der beiden Männer begegneten sich und einen Augenblick herrschte Schweigen.

»Die Herzogin hat hier einen ihrer Handschuhe vergessen, Lord Arthur, und hat mich gebeten, ihn ihr zu bringen«, sagte Mr Podgers endlich. »Ach, ich sehe ihn auf dem Sofa. Guten Abend.«

»Mr Podgers, ich muss darauf bestehen, dass Sie mir eine Frage aufrichtig beantworten.«

»Ein andermal, Lord Arthur, die Herzogin wartet. Ich muss wirklich gehen.«

»Sie werden nicht gehen, die Herzogin hat keine Eile.«

»Man darf Damen nie warten lassen, Lord Arthur«, sagte Mr Podgers mit einem matten Lächeln. »Das schöne Geschlecht wird gleich ungeduldig.«

Um Lord Arthurs fein gezeichnete Lippen spielte ein verächtlicher Stolz. Die arme Herzogin hatte für ihn in diesem Augenblick nicht die geringste Bedeutung. Er ging durch das Zimmer auf den Platz zu, wo Mr Podgers stand, und hielt ihm seine Hand entgegen.

»Sagen Sie mir, was Sie hier gesehen haben«, sagte er. »Sagen Sie mir die Wahrheit. Ich muss sie wissen, ich bin kein Kind.«

Mr Podgers' Augen blinzelten hinter der goldenen Brille und er wiegte sich unruhig von einem Fuß auf dem anderen, indes seine Finger nervös mit der Uhrkette spielten.

»Woraus schließen Sie denn, Lord Arthur, dass ich mehr in Ihrer Hand gesehen habe, als ich Ihnen sagte?«

»Ich weiß es und bestehe darauf, dass Sie mir sagen, was es war. Ich werde natürlich diesen Dienst bezahlen. Ich gebe Ihnen einen Scheck über hundert Pfund.«

Die graugrünen Augen blitzten einen Augenblick auf, wurden aber gleich wieder trüb.

»Guineen?«, sagte Mr Podgers leise.

»Gewiss. Ich sende Ihnen morgen den Scheck. Wie heißt Ihr Klub?«

»Ich bin in keinem Klub, das heißt gegenwärtig nicht. Meine Adresse ist – aber gestatten Sie mir, Ihnen meine Karte zu geben.« Und Mr Podgers zog eine goldgeränderte Visitenkarte hervor und überreichte sie Lord Arthur mit einer tiefen Verbeugung. Auf der Karte stand:

> Mr Septimus R. Podgers
> Professioneller Chiromantist
> 103 a West Moon Street

»Ich empfange von zehn bis sechzehn Uhr«, murmelte Herr Podgers mechanisch, »Familien haben ermäßigte Preise.«

»Schnell, schnell«, rief Lord Arthur ganz bleich im Gesicht und hielt ihm die Hand entgegen. Mr Podgers sah sich zuerst unruhig um und ließ dann die schwere Portiere vor der Tür herab. »Ich werde Ihre Zeit einigermaßen in Anspruch nehmen, Lord Arthur; wollen Sie sich nicht lieber setzen?«

»Rasch, rasch!«, rief Lord Arthur wieder und stampfte ungeduldig mit dem Fuß auf das Parkett.

Mr Podgers lächelte, zog aus seiner Brusttasche ein kleines Vergrößerungsglas und wischte es sorgfältig mit seinem Taschentuch ab.

»Ich stehe ganz zu Ihrer Verfügung«, sagte er.

2

Zehn Minuten später stürzte Lord Arthur Savile mit einem Gesicht bleich vor Entsetzen, mit Augen, aus denen der Schrecken starrte, aus dem Haus, brach sich seinen Weg durch die Menge dick bepelzter Lakaien, die unter der rot gestreiften Markise umherstanden und nichts zu sehen und zu hören schienen. Die Nacht war bitterkalt und die Gaslampen flackerten und zuckten im böigen Wind; aber seine Hände waren fieberheiß und seine Stirn brannte wie Feuer. Er ging weiter und weiter, fast schwankend wie ein Betrunkener. Ein Polizeimann schaute ihm neugierig nach, als er vorüberging, und ein Bettler, der aus einem Torweg herauskroch, um ihn um ein Almosen zu bitten, schauderte zusammen, denn er sah einen Jammer, der größer war als der seine. Einmal blieb der Lord unter einer Laterne stehen, blickte auf seine Hände und glaubte fast, er könnte Blutspuren darauf entdecken, sodass ein leises »Hah!« von seinen zitternden Lippen tönte.

Mord! Das war es, was der Chiromantist gesehen hatte. Mord! Die Nacht selbst schien es zu wissen und der Wind schrie es ihm ins Ohr. Die dunklen Ecken der Straße waren voll davon und von den Dächern der Häuser grinste es ihn an.

Zuerst kam er zum Park, dessen dunkles Gehölz ihn fest zu bannen schien. Er lehnte sich erschöpft an das Gitter, kühlte seine Stirn am feuchten Metall und horchte auf das zitternde Schweigen der Bäume. »Mord! Mord!«, wiederholte er immer wieder, als ob die Wiederholung des Wortes seinen Schrecken vermindern könnte. Der Klang seiner eigenen Stimme machte ihn erschaudern und er fürchtete fast, dass ihn das Echo hören und die schlafende Stadt aus ihren Träumen wecken könnte. Er fühlte ein tolles Verlangen, den erstbesten Vorübergehenden festzuhalten und ihm alles zu offenbaren. Dann ging er durch die Oxford Street in enge hässliche Gässchen hinein. Zwei Weiber mit bemalten Gesichtern lachten, als er vorüberging. Aus einem dunkeln Hof drang der Lärm von Flüchen und Schlägen heraus, begleitet von schrillen Schreien, und zusammengesunken auf feuchten Torstufen sah er die gekrümmten Gestalten der Armut und des Elends sitzen. Ein seltsames Mitleid überkam ihn. War diesen Kindern der Sünde und des Elends ihr Ende vorherbestimmt, wie ihm das seine? Waren diese gleich ihm nur Puppen in einem ungeheuerlichen Theater?

Und doch war es nicht das Geheimnis des Leidens, sondern dessen Komödie, die ihn so erschütterte, seine absolute Nutzlosigkeit, seine groteske Sinnlosigkeit. Wie zusammenhanglos, wie unharmonisch schien ihm doch alles zu sein! Er war bestürzt von dem Zwiespalt zwischen dem schalen Optimismus des Tages und den wirklichen Tatsachen des Lebens. Er war noch sehr jung.

Nach einiger Zeit fand er sich vor der Marylebone-Kirche wieder. Die ausgestorbene Landstraße glich einem langen Band von glänzendem Silber, auf das hier und da zitternde Schatten dunkle Flecke zeichneten. Weit, weit hinten in der Ferne zog sich eine Perlenkette flackernder Gaslaternen hin und vor einem kleinen, ummauerten Haus stand ein einsamer Wagen, dessen Kutscher eingeschlafen war. Lord Savile ging hastig in Richtung Portland Place und sah sich mehrmals um, als fürchtete er, dass man ihm folgte. An der Ecke der Rich Street standen zwei Männer und lasen einen kleinen Anschlag an einem Zaun. Ein merkwürdiges Gefühl der Neugier überkroch ihn und er ging hinüber. Als er näher kam, traf sein Blick das Wort Mörder, das da mit schwarzen Lettern stand. Er fuhr zusammen und ein dunkles Rot schoss in seine Wangen. Es war eine Bekanntmachung, die eine Belohnung für jede Nachricht aussetzte, die dazu führen könnte, einen Mann von mittlerer Größe zwischen dreißig und vierzig Jahren, mit einem weichen Hut, schwarzem Rock und karierten Hosen und mit einer Narbe auf der rechten Wange festzunehmen. Er las den Steckbrief wieder und wieder und dachte darüber nach, ob der Elende wohl gefangen werden würde und wieso er wohl verwundet worden sei. Vielleicht würde auch einmal sein eigener Name in solch einem Steckbrief an den Mauern Londons zu lesen sein! Vielleicht würde auch auf seinen Kopf eines Tages ein Preis ausgesetzt werden.

Der Gedanke erfüllte ihn mit namenlosem Grauen. Er wandte sich um und eilte wieder hinaus in die Nacht. Doch er wusste kaum, wohin er ging. Er erinnerte sich dunkel, dass er durch ein Labyrinth schmutziger Häuser kam, dass er sich in einem riesigen Spinngewebe finsterer Straßen verlor, und es dämmerte schon ziemlich hell, als er endlich bemerkte, dass er im Piccadilly Circus war. Als er nun heimwärts zum Belgrave Square schlenderte, begegnete er den großen Marktwagen auf dem Weg zum Covent Garden. Die Fuhrleute in ihren weißen Röcken mit lustigen, sonnenverbrannten Gesichtern und derben Krausköpfen stampften mit festen Schritten neben ihren Wagen, knallten mit der Peitsche und riefen dann und wann einander etwas zu. Auf dem Rücken des großen grauen Leitpferdes irgendeines rumpelnden Gespanns saß ein pausbäckiger Junge mit einem Strauß Primeln an seinem abgetragenen Hut und hielt sich mit seinen kleinen Händen an der Mähne fest und lachte. Und die großen Berge von Gemüse auf den Wagen glichen, wie sie sich vom Morgenhimmel abhoben, großen Bergen von grünem Nephrit, die sich von den glühenden Blättern einer wunderbaren Rose abheben.

Lord Arthur fühlte sich merkwürdig bewegt und wusste selbst nicht, warum. Es lag etwas in der zarten Lieblichkeit des dämmernden Morgens, das ihm mit Gefühl durchtränkt erschien, und er dachte an all die Tage, die mit Schönheit beginnen und im Sturm enden. Und welch ein seltsames London erschien vor diesen Bauern mit ihren rauen, gutmütigen Stimmen und ihrem nachlässigen Gehabe! Ein London, frei von der Sünde der Nacht und dem Qualm des Tages, eine geisterbleiche Stadt, eine große Stadt der Gräber. Er fragte sich, was sie wohl von dieser Stadt dächten, ob sie irgendetwas von ihrem Glanz und ihrer Schande wussten, von ihren wilden, in unreine Glut getauchten Freuden und ihrem schrecklichen Hunger, von all ihren guten und bösen Taten vom Morgen an bis zum Abend. Wahrscheinlich sahen sie in der Stadt nur den Markt, auf den sie ihre Früchte und Gemüse zum Verkauf hinbrachten und wo sie höchstens einige Stunden verweilten, bis sie wieder die schweigenden Straßen, die träumenden Häuser hinter sich ließen. Es machte ihm ein Vergnügen, sie zu beobachten, wie sie vorüberzogen. Plump, wie sie waren mit ihren schweren beschlagenen Schuhen und ihrem strammen Gang, brachten sie ein Stück Arkadien mit sich. Er fühlte, dass sie mit der Natur gelebt hatten und dass die Natur sie den Frieden gelehrt hatte. Er beneidete sie um alles, was sie nicht wussten.

So erreichte er Belgrave Square und der Himmel war in ein blasses Blau getaucht und die Vögel in den Gärten begannen zu zwitschern.

3

Als Lord Arthur erwachte, war es zwölf Uhr und die Mittagssonne strömte voll durch die elfenbeinfarbenen Seidenvorhänge seines Zimmers herein. Er stand auf und blickte aus dem Fenster. Ein trüber Glutnebel hing über der großen Stadt und die Dächer der Häuser flimmerten wie mattes Silber. In dem schimmernden Grün unten auf dem Platz huschten einige Kinder gleich Schmetterlingen hin und her und im Park wimmelte es von Leuten. Niemals war ihm das Leben schöner erschienen, niemals schienen alle bösen Dinge weiter von ihm entfernt zu sein.

Dann kam sein Kammerdiener und brachte ihm eine Tasse Schokolade. Nachdem er sie ausgetrunken hatte, schob er eine schwere Portiere von pfirsichfarbenem Plüsch beiseite und ging ins Badezimmer. Das Licht fiel sanft von oben durch feine Scheiben von durchsichtigem Onyx und das Wasser im Marmorbecken schimmerte wie Mondschein. Er ging rasch ins Wasser, bis ihm die kühlen Wellen Brust und Haare benetzten, und dann tauchte er auch den Kopf unter, als ob er das Zeichen irgendeiner schmachvollen Erinnerung von sich abwaschen wollte. Als er wieder herausstieg, fühlte er sich fast beruhigt. Das köstliche körperliche Wohlbefinden des Augenblicks beherrschte ihn, wie dies oft bei fein gearteten Naturen der Fall ist, denn die Sinne können gleich dem Feuer ebenso gut reinigen wie zerstören.

Nach dem Frühstück warf er sich auf den Diwan, zündete sich eine Zigarette an und blickte auf den Kaminsims, wo, eingerahmt in köstlichen alten Brokat, eine große Fotografie von Sybil Merton stand, wie er sie zum ersten Mal auf dem Ball von Lady Noel gesehen hatte. Das feine, entzückend geschnittene Gesicht war leicht zur Seite geneigt, als könnte der dünne Hals, schlank wie ein Schilfrohr, die Last so vieler Schönheit nicht tragen. Die Lippen waren leicht geöffnet und schienen geschaffen zu süßer Musik. Und die ganze zarte Reinheit ihrer Mädchenblüte blickte wie verwundert aus den träumenden Augen. Mit ihrem leichten, sich an den Körper schmiegenden Kleid von Crêpe de Chine und ihrem breiten, blattförmigen Fächer glich sie einer jener kleinen zarten Figuren, die man in den Olivenwäldern bei Tanagra gefunden hat. Und wahrhaftig, ein Hauch griechischer Grazie lag auch in dieser ganzen Stellung und Haltung. Sie war vollkommen in allen Proportionen, eine Seltenheit heutzutage, wo so viele Frauen entweder überlebensgroß oder nichtssagend sind.

Als Lord Arthur so auf das Bild blickte, erfüllte ihn das furchtbare Mitleid, das aus der Liebe entspringt. Er fühlte, dass es ein Verrat wäre, sie zu heiraten mit dem Verhängnis des Mordes über seinem Haupt. Welches Glück könnte ihrer warten, wenn jeden Augenblick das Schicksal an ihn herantreten könnte, das in seiner Hand geschrieben stand? Welches Leben würden sie führen, während seine unheilvolle Bestimmung in der Waagschale des Fatums ruhte? Die Hochzeit musste also um jeden Preis verschoben werden, und dazu war er unbedingt entschlossen, fest entschlossen, obwohl er das Mädchen über alles liebte und die bloße Berührung ihrer Fingerspitzen jeden Nerv in ihm mit wunderbarer Wonne erbeben ließ. Aber er kannte trotzdem klar den Weg seiner Pflicht und er war sich bewusst, dass er nicht das Recht hatte zu heiraten, ehe der Mord begangen wäre. War es einmal geschehen, dann konnte er mit Sybil Merton vor den Altar treten und sein Leben in ihre Hände legen, ohne fürchten zu müssen, dass er unrecht handelte. War es einmal geschehen, so konnte er sie in seine Arme schließen und sie würde niemals für ihn erröten, niemals den Kopf in Schande beugen müssen. Aber geschehen musste es einmal, und je früher, desto besser für beide.

Viele Männer in seiner Lage hätten gewiss den niederen und bequemen Weg des Aufschubs den steilen Höhen der Pflicht vorgezogen, aber Lord Arthur war zu gewissenhaft, um den Genuss vor die Pflicht zu setzen. In seiner Liebe war mehr als große Leidenschaft. Und Sybil war ihm ein Symbol für alles, was gut und edel war. Einen Augenblick hatte er einen natürlichen Widerwillen gegen die Tat, die ihm aufgezwungen war, aber es ging rasch vorüber. Sein Herz sagte ihm, dass es keine Sünde war, sondern ein Opfer; seine Vernunft bewies ihm, dass ihm kein anderer Weg offenstünde. Er hatte zu wählen zwischen einem Leben für sich selbst und einem Leben für andere, und so schrecklich die Aufgabe war, die er erfüllen musste, so wusste er doch, dass er den Eigennutz über die Liebe nicht triumphieren lassen durfte. Zu seinem Glück war er kein Träumer, kein Gedanken-Dilettant. Wäre er dies gewesen, so hätte er wie Hamlet gezögert, und die Unentschlossenheit hätte seinen Willen gelähmt. Aber er war eine durch und durch praktische Natur. Das Leben bestand für ihn mehr im Handeln als im Denken. Er besaß das Seltenste auf Erden: gesunden Menschenverstand.

Die wüsten, formlosen Gefühle der letzten Nacht waren jetzt schon fast vollständig verschwunden und er sah mit beinahe schamvollem Gefühl auf seine tolle Wanderung von Straße zu Straße und auf den wütenden Aufruhr in seiner Seele zurück. Gerade die Wahrheit seiner Qualen ließ sie ihm jetzt unwirklich erscheinen. Er fragte sich verwundert, warum er denn so töricht gewesen war, wegen des Unvermeidlichen zu rennen und zu rasen? Die einzige Frage, die ihn jetzt zu quälen schien, war die Frage nach der Person, die umzubringen er bestimmt war. Da er kein Genie war, hatte er keine Feinde, und er fühlte auch, dass es jetzt nicht an der Zeit wäre, irgendeinen persönlichen Widerwillen oder Hass zu befriedigen. Die Aufgabe, die seiner harrte, war von großem und schwerem Ernst. Er machte also auf einem Blatt Papier eine Liste seiner Freunde und Verwandten und nach langer Überlegung entschied er sich für Lady Clementina Beauchamp, eine gute alte Dame, die in der Curson Street wohnte und mütterlicherseits seine Großcousine war. Er hatte Lady Clem, wie man sie zu nennen pflegte, immer sehr gern gehabt, und da er selbst sehr wohlhabend war – er hatte bei seiner Volljährigkeit den Besitz von Lord Rugbys Vermögen angetreten –, bestand für ihn keine Möglichkeit, aus ihrem Tod irgendeinen pekuniären Vorteil zu ziehen. Je mehr er über die Sache nachdachte, desto mehr schien sie ihm die richtige zu sein, und da er fühlte, dass jeder Aufschub in Bezug auf Sybil taktlos sein könnte, so entschloss er sich, sofort seine Vorbereitungen zu treffen.

Zu allererst musste natürlich die Angelegenheit mit dem Chiromantisten geordnet werden; er setzte sich daher an seinen kleinen Sheraton-Schreibtisch am Fenster und schrieb einen Scheck über einhundertfünf Pfund aus, zahlbar an Mr Septimus Podgers, steckte ihn in einen Umschlag und gab seinem Diener den Auftrag, den Brief nach der West Moon Street zu bringen. Er telefonierte dann nach einem Wagen in die Remise hinüber und zog sich zum Ausgehen an. Bevor er das Zimmer verließ, warf er noch einen Blick auf Sybil Mertons Bild und schwor sich zu, dass er sie nie wissen lassen würde, was auch immer kommen möge und was er auch um ihretwillen tue: Er würde das Geheimnis seiner Selbstaufopferung immer in seinem tiefsten Herzen verborgen halten.

Auf dem Weg in seinen Klub blieb er bei einem Blumenladen stehen und ließ an Sybil einen wundervollen Korb mit Narzissen schicken, mit entzückenden weißen Blüten, Blättern und Farben, die wie die Augen von Fasanenfedern glänzten. Als er in seinem Klub ankam, ging er sofort in die Bibliothek, klingelte nach dem Diener und ließ sich eine Sodalimonade und ein Buch über Toxikologie bringen, denn er war sich schon vollkommen darüber klar, dass Gift das beste Mittel für sein schwieriges Unternehmen war. Jede persönliche Gewaltanwendung widerstrebte ihm durchaus, und überdies wollte er Lady Clementina entschieden nicht auf eine Weise umbringen, die öffentliche Aufmerksamkeit erregen konnte. Der Gedanke, bei Lady Windermeres Empfängen als Löwe herumgereicht zu werden oder seinen Namen in den Spalten aller Tagesblätter zu finden, war ihm ein Gräuel. Überdies musste er an Sybils Eltern denken, die ziemlich altmodische Leute waren und sich vielleicht der Heirat widersetzen könnten, wenn es jetzt irgendeinen Skandal gab, andererseits war er sich auch ganz sicher darüber, dass sie nach Kenntnis des wahren Sachverhalts keinen Augenblick zögern würden, die Motive, die ihn zur Tat getrieben hatten, zu verstehen und zu würdigen. Alles war also dazu angetan, ihn zur Wahl von Gift zu bestimmen. Das war sicher, ruhig und unfehlbar, und damit vermied man alle peinlichen Szenen, gegen die er eine tief eingewurzelte Abneigung hatte.

Was aber die Wissenschaft der Gifte betraf, so waren seine Kenntnisse gleich null, und als der Diener in der Bibliothek gar nichts finden konnte außer ›Ruff's Guide‹ und ›Bailey's Magazine‹, schaute er selbst auf den Büchergestellen nach und erwischte endlich eine nett gebundene Ausgabe der ›Pharmacopoeia‹ und ein Exemplar von ›Erskine's Toxikologie‹, herausgegeben von Sir Mathew Reid, dem Präsidenten der königlichen Gesellschaft der Ärzte und einem der ältesten Mitglieder des Klubs, in den er irrtümlich anstelle eines anderen aufgenommen worden war. Irgendein Zwischenfall hatte das Komitee so erbost, dass, als der richtige Mann erschien, sie ihn alle schwarz ballotierten. Lord Arthur kannte sich in den technischen Ausdrücken der beiden Bücher gar nicht aus und begann bitter zu bedauern, dass er den Vorträgen in Oxford seinerzeit so wenig Aufmerksamkeit geschenkt hatte, als er im zweiten Band von Erskine einen sehr interessanten und vollständigen Bericht über die Eigenschaften des Aconitins fand, der in einem ziemlich klaren Englisch geschrieben war. Das schien gerade das Gift zu sein, das er brauchte: Es wirkte schnell, seine Wirkung war blitzartig, es wirkte vollkommen schmerzlos, und wenn man es in einer Gelatinekapsel einnahm, wie dies Sir Mathew empfahl, schmeckte es keineswegs unangenehm. Er machte sich also eine Notiz über die Höhe der nötigen Dosis, stellte die Bücher auf ihren Platz zurück und schlenderte in die St. James Street zu ›Pestle and Humbey's‹, dem großen Chemikaliengeschäft. Mr Pestle, der die feine Welt immer selbst bediente, war ziemlich überrascht bei der Bestellung und murmelte in untertäniger Weise etwas über ein dazu erforderliches ärztliches Rezept, doch als ihm Lord Arthur erklärte, dass er das Gift für eine große nordische Dogge brauche, die er töten müsse, weil sie Zeichen beginnender Tollwut zeige und den Kutscher bereits zweimal in die Wade gebissen habe, war Mr Pestle vollkommen befriedigt, beglückwünschte Lord Arthur zu seinen ausgezeichneten Kenntnissen in der Toxikologie und bereitete das Gewünschte sofort.

Lord Arthur legte die Gelatinekapsel in eine hübsche kleine Silberbonbonniere, die er in Bond Street in einer Auslage sah, warf die hässliche Pillenschachtel von ›Pestle und Humbey's‹ weg und fuhr sofort zu Lady Clementina.

»Schön, *monsieur le mauvais sujet*«, rief die alte Dame, als er ins Zimmer trat. »Warum haben Sie sich die ganze Zeit über nicht blicken lassen?«

»Meine teuere Lady Clem, ich hatte wirklich keinen Augenblick Zeit«, sagte Lord Arthur und lächelte.

»Sie wollen damit sagen, dass Sie den ganzen Tag herumlaufen, um mit Sybil Merton Einkäufe zu machen und verliebten Unsinn zu schwatzen. Ich verstehe nicht, warum die Leute ein solches Spektakel machen, wenn sie heiraten. Zu meiner Zeit dachte kein Mensch daran, aus diesem Anlass öffentlich oder heimlich zu girren und sich zu schnäbeln.«

»Ich versichere Ihnen, Lady: Ich habe Sybil seit vierundzwanzig Stunden nicht gesehen. Soviel ich weiß, ist sie ganz und gar in den Händen ihrer Schneiderin.«

»Natürlich. Und das ist auch der einzige Grund, warum Sie mir, einer alten, hässlichen Frau, einen Besuch machen. Warum es sich doch die Männer nicht gesagt sein lassen? *On a fait des folies pour moi.* Und da sitze ich nun, ein armes rheumatisches Wesen mit einem falschen Zopf und schlechter Laune. Wahrhaftig, wenn mir nicht die liebe Lady Jansen die schlechtesten französischen Romane schicken würde, die sie auftreiben kann, ich wüsste nicht, was ich mit dem Tag anfangen sollte. Die Ärzte taugen gar nichts. Sie verstehen sich nur darauf, Geld zu nehmen. Nicht einmal mein Sodbrennen können sie heilen.«

»Ich habe Ihnen ein Mittel dagegen mitgebracht, Lady Clem«, sagte Lord Arthur ernst. »Ein ganz ausgezeichnetes Mittel. Ein Amerikaner hat es erfunden.«

»Wissen Sie, ich liebe amerikanische Erfindungen eigentlich nicht sehr. Ganz und gar nicht. Ich habe unlängst einige amerikanische Romane gelesen und das war der reine Blödsinn.«

»Aber dieses Mittel ist durchaus nicht blödsinnig, Lady Clem. Ich versichere Ihnen, es wirkt außerordentlich gut. Sie müssen mir versprechen, es zu versuchen.« Und Lord Arthur zog die kleine Dose aus der Tasche und übergab sie ihr.

»Die Dose ist wirklich reizend, Arthur. Ist das ein Geschenk? Das ist aber lieb von Ihnen. Und das ist das Wundermittel? Es sieht aus wie ein Bonbon. Ich werde es gleich nehmen.«

»Großer Gott, Lady Clem«, rief Lord Arthur und hielt ihre Hand fest, »tun Sie das nicht. Es ist ein homöopathisches Mittel, und wenn Sie es nehmen, ohne Sodbrennen zu haben, kann es Ihnen nur schaden. Sie müssen warten, bis Sie einen Anfall haben, und dann nehmen Sie es. Der Erfolg wird Sie überraschen.«

»Ich möchte es aber gleich nehmen«, sagte Lady Clementina und hielt die kleine, durchsichtige Kapsel mit dem darin schwankenden Tropfen Aconitin gegen das Licht. »Es schmeckt gewiss ausgezeichnet. Wissen Sie, die Doktoren hasse ich, aber einnehmen tue ich ganz gern. Also meinetwegen, ich werde es mir aufheben bis zum nächsten Anfall.«

»Und wann wird der sein?«, fragte Lord Arthur eifrig. »Bald?«

»Ich hoffe, dass ich für diese Woche damit verschont bleiben werde. Gestern früh ging es mir sehr schlecht. Aber man weiß ja nie.«

»Aber Sie werden gewiss einen Anfall vor Ende des Monats haben, Lady Clem?«

»Das befürchte ich leider. Aber wie lieb Sie heute sind, Arthur! Sybil übt wirklich einen sehr guten Einfluss auf Sie aus. Aber nun müssen Sie gehen, denn ich habe einige nichtssagende Leute zum Essen eingeladen, die gar nicht ordentlich klatschen können, und ich weiß, dass ich, wenn ich jetzt nicht mein Schläfchen mache, nicht imstande sein werde, während des Essens wach zu bleiben. Leben Sie wohl, Arthur, grüßen Sie Sybil von mir und haben Sie nochmals vielen Dank für das amerikanische Mittel.«

»Sie werden nicht vergessen, es zu nehmen, Lady Clem, nicht wahr?«, sagte Lord Arthur und erhob sich von seinem Stuhl.

»Ich werde es gewiss nicht vergessen, mein Junge. Es war sehr nett von Ihnen, dass Sie an mich gedacht haben, und ich werde Ihnen schreiben, wenn ich noch mehr davon brauchen sollte.«

Lord Arthur verließ das Haus in froher Laune und mit dem Gefühl riesiger Erleichterung.

Am Abend hatte er eine Unterredung mit Sybil Merton. Er sagte ihr, dass er plötzlich in eine furchtbar schwierige Situation geraten sei und dass ihm seine Ehre und seine Pflicht keinen Rückzug erlaubten und dass die Hochzeit deshalb verschoben werden müsse, denn ehe er sich nicht aus seinen furchtbaren Verpflichtungen löse, sei er kein freier Mann. Er bat sie, ihm zu vertrauen und über die Zukunft keine Zweifel zu hegen. Alles käme zu seiner Zeit, aber jetzt bäte er sie nur um Geduld.

Das Gespräch fand im Wintergarten bei Mertons statt, wo Lord Arthur wie gewöhnlich gegessen hatte. Sybil war ihm nie glückstrahlender erschienen, und einen Augenblick war Lord Arthur versucht, feige zu sein, an Lady Clementina wegen der Pille zu schreiben und die Hochzeit vor sich gehen zu lassen, als ob es überhaupt keinen Menschen namens Podgers in der Welt gäbe. Aber sein besseres Ich gewann doch die Überhand, und selbst als Sybil sich weinend in seine Arme warf, wurde er nicht schwach. Die Schönheit, die seine Sinne erregte, rührte auch sein Gewissen und er fühlte, dass es unrecht wäre, ein so herrliches Leben wegen des Genusses einiger Monate zu zerstören. Er blieb fast bis Mitternacht mit Sybil zusammen, tröstete sie und ließ sich von ihr trösten. Am nächsten Morgen reiste er nach Venedig, nachdem er in einem männlich entschlossenen Brief Mr Merton die nötige Verschiebung der Hochzeit mitgeteilt hatte.

4

In Venedig traf er seinen Bruder, Lord Surbiton, der gerade mit seiner Jacht von Korfu herübergekommen war. Die beiden jungen Leute verbrachten zwei reizend-gemütliche Wochen zusammen; fuhren morgens zum Lido oder glitten in ihrer schwarzen Gondel die grünen Kanäle auf und ab, empfingen nachmittags Besuche auf ihrer Jacht und aßen abends bei Florian und rauchten auf der Piazza ungezählte Zigaretten. Aber Lord Arthur war nicht glücklich und jeden Tag studierte er die Totenliste in der ›Times‹, immer in der Erwartung, auf die Nachricht von Lady Clementinas Tod zu stoßen, und jeden Tag wurde er enttäuscht. Er begann zu fürchten, dass ihr irgendein Unfall zugestoßen sei, und bedauerte oft, dass er sie gehindert habe, das Aconitin zu nehmen, als sie so begierig war, die Wirkung des Mittels zu erproben. Auch Sybils Briefe, so voll von Liebe, Vertrauen und Zärtlichkeit, klangen oft sehr traurig im Ton und manchmal war ihm zumute, als sei er auf ewig von ihr geschieden.

Nach vierzehn Tagen hatte Lord Surbiton von Venedig genug und beschloss, längs der Küste nach Ravenna zu fahren, da er gehört hatte, es gäbe dort wundervolle Wasserhühner zu schießen. Lord Arthur wollte zuerst durchaus nicht mit, aber Surbiton überzeugte ihn schließlich, dass er sich unfehlbar zu Tode langweilen würde, wenn er allein bei Danieli bliebe, und so fuhren sie denn am Morgen des 15. ab, mit einem kräftigen Nordost und bei ziemlich hoher See. Die Jagd war ausgezeichnet und das Leben in freier Luft färbte wieder Lord Arthurs Wangen; aber um den 22. herum wurde er abermals wegen Lady Clementina ängstlich und trotz Surbitons Protest fuhr er mit der Bahn nach Venedig zurück.

Als er bei den Stufen des Hotels aus der Gondel stieg, kam ihm der Hotelwirt mit einem Haufen Telegramme entgegen. Lord Arthur riss sie ihm aus der Hand und brach sie auf. Alles war nach Wunsch gegangen. Lady Clementina war ganz plötzlich in der Nacht des 17. gestorben.

Sein erster Gedanke galt Sybil und er depeschierte ihr, dass er sofort nach London zurückkehre. Dann befahl er seinem Kammerdiener, alles für den Nachtzug einzupacken, schickte den Gondolieri etwa das Fünffache ihrer Taxe und eilte leichtfüßig und frohen Herzens auf sein Zimmer. Dort erwarteten ihn drei Briefe. Der eine war von Sybil selbst, voll Sympathie und Teilnahme, die anderen waren von seiner Mutter und von Lady Clementinas Anwalt. Es schien, dass die alte Dame noch am Abend mit der Herzogin gespeist hatte; sie entzückte alle Welt mit ihrem Witz und ihrem Geist, ging aber frühzeitig nach Hause, weil sie über Sodbrennen klagte. Des Morgens fand man sie tot in ihrem Bett. Sie hatte offenbar gar keine Schmerzen erduldet. Man schickte sofort nach Sir Mathew Reid, aber es war natürlich nichts mehr zu helfen, und nun sollte sie am 22. in Beauchamp Chalcote begraben werden. Einige Tage vor ihrem Tod hatte sie ihr Testament gemacht. Sie hinterließ Lord Arthur ihr kleines Haus in der Lurson Street mit seiner ganzen Einrichtung, mit ihrem ganzen persönlichen Besitz, mit allen Bildern, nur ihre Miniaturensammlung nahm sie aus, die sie ihrer Schwester Lady Margaret Ruffort vermachte, und ihr Amethystcollier, das Sybil Merton erhalten sollte. Das Besitztum hatte keinen großen Wert, aber Mr Mansfield, der Anwalt, drängte, dass Lord Arthur so rasch als möglich heimkehrte, da es eine ganze Menge Rechnungen zu bezahlen gäbe und Lady Clementina nie rechte Ordnung in ihren Papieren gehalten hätte.

Lord Arthur war sehr gerührt, dass Lady Clementina so gütig seiner gedacht hatte, und er fühlte, dass Mr Podgers in hohem Maße dafür verantwortlich sei. Aber seine Liebe zu Sybil brachte jedes andere Gefühl zum Schweigen, und das Bewusstsein, dass er seine Pflicht getan hatte, gab ihm Ruhe und Frieden. Als er in Charingcross ankam, fühlte er sich ganz glücklich. Die Mertons empfingen ihn sehr liebenswürdig und Sybil ließ sich von ihm hoch und heilig versprechen, dass nun nichts mehr dazwischenkommen würde. Die Hochzeit wurde für den 7. Juni festgesetzt. Das Leben schien ihm noch einmal so hell und schön zu leuchten und sein alter Frohsinn kehrte wieder bei ihm ein.

Eines Tages ging er nun mit Lady Clementinas Anwalt und Sybil in das Haus in der Curson Street hinüber. Er verbrannte Pakete verblasster Briefe und kramte aus Schubladen allerhand merkwürdiges Zeug. Plötzlich schrie das junge Mädchen ganz entzückt auf.

»Was hast du gefunden, Sybil?«, fragte Lord Arthur und hielt in seiner Arbeit inne.

»Diese entzückende kleine Silberbonbonniere, Arthur. Ist sie nicht reizend? Holländisch, nicht wahr? Sei so gut und gib sie mir. Ich weiß ja doch, dass mir Amethysten nicht stehen werden, ehe ich nicht über achtzig bin.«

Es war die Dose, in der das Aconitin gewesen war.

Lord Arthur schrak zusammen und ein heißes Rot stieg ihm in die Wangen. Er hatte schon fast ganz vergessen, was er getan hatte, und es schien ihm ein merkwürdiges Zusammentreffen, dass Sybil, um derentwillen er all die furchtbare Angst durchgemacht hatte, nun die Erste war, die ihn an die ganze Geschichte erinnerte.

»Natürlich sollst du es haben, Sybil. Ich selbst habe es Lady Clem geschenkt.«

»Oh, ich danke dir, Arthur. Und nicht wahr, ich darf das Bonbon auch behalten? Ich wusste gar nicht, dass Lady Clementina Süßigkeiten gerne hatte. Ich glaubte immer, sie sei dazu viel zu vernünftig.«

Lord Arthur wurde totenbleich und ein furchtbarer Gedanke durchzuckte sein Hirn.

»Ein Bonbon, Sybil – wie meinst du?«, sagte er mit zaghafter verschleierter Stimme.

»Es liegt nur eines in der Dose, ein einziges. Aber es sieht schon ganz alt und staubig aus und ich habe nicht die geringste

Absicht, es zu essen. Was ist dir denn, Arthur, du bist ja ganz bleich!«

Lord Arthur schoss quer durch das Zimmer und ergriff das Büchschen. Darin lag die bernsteinfarbene Kapsel mit dem Gifttropfen. Lady Clementina war also doch eines natürlichen Todes gestorben.

Die Überraschung traf ihn allzu heftig. Er warf die Kapsel ins Feuer und sank mit einem verzweifelten Schrei aufs Sofa.

5

Mr Merton war einigermaßen unwillig, als er von einer zweiten Verschiebung der Hochzeit hörte, und Lady Julia, die schon ihre Toilette für die Hochzeit bestellt hatte, tat alles, was in ihrer Macht stand, um Sybil zu bewegen, die Verlobung rückgängig zu machen. So sehr aber Sybil ihre Mutter liebte, ihr Leben lag nun einmal in Lord Arthurs Hand und nichts, was Lady Julia sagen konnte, erschütterte ihren Glauben. Was aber Lord Arthur selbst anging, so brauchte er Tage, bis er über die furchtbare Enttäuschung hinwegkam, und eine Zeit lang waren seine Nerven gänzlich erschöpft. Aber er sammelte sich bald wieder und sein gesunder praktischer Sinn ließ ihn nicht lange im Zweifel, was nun zu tun sei. Da er aber mit dem Gift einen so totalen Misserfolg gehabt hatte, so musste er jetzt offenbar mit Dynamit oder einem anderen Explosivstoff einen Versuch machen.

Er sah also nochmals die Liste seiner Freunde und Verwandten durch, und nach sorgfältiger Überlegung entschloss er sich, seinen Onkel, den Dechanten von Chichester, in die Luft zu sprengen. Der Dechant, ein hochgebildeter und sehr gelehrter Mann, war ein großer Liebhaber von Uhren und besaß eine wundervolle Uhrensammlung (vom 15. Jahrhundert bis auf den heutigen Tag) und Lord Arthur glaubte, dass ihm dieses

Steckenpferd des guten Dechanten eine ausgezeichnete Gelegenheit böte, seinen Plan auszuführen. Wie und woher er sich eine Höllenmaschine zu verschaffen hatte, das war freilich eine andere Sache. Im Londoner Adressbuch fand er kein Geschäft dafür angegeben und er fühlte, dass es ihm wenig nützen würde, sich an die Polizeidirektion zu wenden, da man dort so etwas immer erst nach einer Explosion zu erfahren schien und dann auch nur herzlich wenig.

Plötzlich dachte er an seinen Freund Rouvaloff, einen jungen Russen von höchst revolutionärer Gesinnung, den er bei Lady Windermere im Laufe des Winters getroffen hatte. Es hieß, dass Graf Rouvaloff eine Geschichte Peters des Großen schreibe und dass er nach England gekommen sei, um die Dokumente zu studieren, die sich auf den Aufenthalt des Zaren als Schiffszimmermeister in diesem Land beziehen. Aber man glaubte allgemein, er wäre ein nihilistischer Agent, und sicher war seine Gegenwart in London der russischen Gesandtschaft nicht sehr angenehm. Lord Arthur fühlte, dass dies der Mann sei, den er brauchte, und so fuhr er eines Morgens zu ihm nach Bloomsbury.

»Sie wollen sich also ernstlich mit Politik beschäftigen?«, sagte Graf Rouvaloff, als ihm Lord Arthur seinen Wunsch vorgetragen hatte. Aber Lord Arthur, der jedes Großtun hasste, fühlte sich verpflichtet mitzuteilen, dass er nicht das geringste Interesse für soziale Fragen habe und die Höllenmaschine nur für eine Familienangelegenheit brauche, die nur ihn allein angehe.

Graf Rouvaloff sah ihn einige Augenblicke verblüfft an, da er aber merkte, dass er ganz im Ernst sprach, schrieb er eine Adresse auf ein Stück Papier, setzte seinen Namen darunter und gab es ihm.

»Die Polizei würde Ihnen ein hübsches Geld bezahlen, um diese Adresse zu erfahren, mein lieber Freund.«

»Aber sie soll sie nicht in Erfahrung bringen«, lachte Lord Arthur. Er schüttelte dem Russen warm die Hand, lief die Treppe hinunter, und nachdem er einen Blick auf das Papier geworfen hatte, befahl er dem Kutscher, nach Soho Square zu fahren.

Hier schickte er den Wagen weg und ging die Greek Street hinunter, bis er nach Bayle's Court kam. Er ging durch den Torweg und fand sich in einer merkwürdigen Sackgasse, wo sich augenscheinlich eine Wäscherei befand, denn ein Netzwerk von Wäscheleinen war von Haus zu Haus gespannt und weiße Leinwandstücke flatterten in der Morgenluft. Er ging bis zum Ende der Sackgasse und klopfte an ein kleines, grünes Haus. Nach einiger Zeit, während in jedem Fenster des Hofs neugierige Gesichter erschienen, wurde die Tür von einem Ausländer mit groben Gesichtszügen geöffnet, der ihn in einem schlechten Englisch fragte, was er wünsche. Lord Arthur reichte ihm das Papier, das ihm Graf Rouvaloff gegeben hatte. Der Mann nahm es, verbeugte sich tief und bat Lord Arthur, in einen schäbigen Salon zu ebener Erde einzutreten; einige Minuten später trat Herr Winckelkopf, wie er in England genannt wurde, eilig ins Zimmer, eine unsaubere Serviette um den Hals und eine Gabel in der linken Hand.

»Graf Rouvaloff hat mir eine Empfehlung an Sie gegeben«, sagte Lord Arthur mit einer leichten Verbeugung. »Und ich möchte gern in einer Geschäftsangelegenheit eine kurze Unterredung mit Ihnen haben. Mein Name ist Smith, Robert Smith, und ich möchte mir bei Ihnen eine Explosionsuhr verschaffen.

»Es freut mich sehr, Sie zu sehen, Lord Arthur«, sagte der muntere kleine Deutsche lachend, »und seien Sie nicht so bestürzt. Es ist meine Pflicht, jedermann zu kennen, und ich erinnere mich, Sie eines Abends bei Lady Windermere gesehen zu haben. Ich hoffe, dass sich die Gnädige wohl befindet. Wollen Sie mir nicht das Vergnügen machen, mir Gesellschaft zu leisten, während ich mein Frühstück beende? Es gibt eine wundervolle Pastete und meine Freunde behaupten, dass mein Rheinwein besser ist als irgendein Tropfen bei der deutschen Botschaft.«

Und ehe Lord Arthur seine Überraschung, erkannt worden zu sein, überwunden hatte, saß er schon im Hinterzimmer, schlürfte den köstlichsten Markobrunner aus einem blassgelben Römer mit dem kaiserlichen Monogramm und plauderte in der angenehmsten Weise mit dem berühmten Verschwörer.

»Explosionsuhren«, sagte Herr Winckelkopf, »eignen sich nicht sehr für den Export ins Ausland. Selbst wenn es ihnen gelingt, den Zoll zu passieren, ist der Bahndienst so unregelmäßig, dass sie gewöhnlich losgehen, bevor sie ihren Bestimmungsort erreicht haben. Wenn Sie aber so etwas für häuslichen Bedarf suchen, so kann ich mit einem ausgezeichneten Artikel dienen und garantiere Ihnen, dass Sie mit seiner Wirkung äußerst zufrieden sein werden. Darf ich fragen, für wen das Ding bestimmt ist? Sollte es für die Polizei bestimmt sein oder sonst für jemanden, der mit der Polizeidirektion in Verbindung steht, so könnte ich zu meinem größten Bedauern nichts für Sie tun. Die englischen Detectives sind nämlich unsere besten Freunde und ich habe immer gefunden, dass wir tun können, was wir wollen, wenn wir uns nur auf ihre Dummheit verlassen. Ich möchte keinen von ihnen entbehren.«

»Ich versichere Ihnen«, sagte Lord Arthur, »dass die Sache mit der Polizei nicht das Geringste zu schaffen hat, die Uhr ist für den Dechanten von Chichester bestimmt.«

»O du meine Güte! Ich dachte gar nicht daran, dass Sie über Religion so schroffe Ansichten hätten. Wenige junge Leute denken heute so.«

»Ich fürchte, Sie überschätzen mich, Herr Winckelkopf«, sagte Lord Arthur und errötete. »Ich kümmere mich gar nicht um theologische Dinge.«

»So handelt es sich also um eine reine Privatsache?«

»Eine reine Privatsache!«

Herr Winckelkopf zuckte die Schultern, verließ das Zimmer und kam nach einigen Minuten mit einer runden Dynamitpatrone in der Größe eines Pennystücks und einer hübschen kleinen, französischen Uhr zurück, auf der eine vergoldete Figur der Freiheit stand, die ihren Fuß auf die Hydra des Despotismus setzte.

Lord Arthurs Gesicht glänzte, als er die Uhr sah. »Das ist gerade, was ich brauche«, rief er. »Nun sagen Sie mir nur, wie die Geschichte losgeht.«

»Das ist mein Geheimnis«, sagte Herr Winckelkopf, indem er seine Erfindung mit einem Blick gerechten Stolzes betrachtete. »Sagen Sie mir nur, wann die Uhr explodieren soll, und ich werde die Maschine danach einstellen.«

»Also heute ist Dienstag, und wenn Sie die Uhr gleich wegschicken können –«

»Das ist unmöglich. Ich habe für einige Freunde in Moskau sehr viel und dabei Wichtiges zu arbeiten. Aber ich kann sie morgen wegschicken.«

»Oh, dann ist noch Zeit genug«, sagte Lord Arthur höflich. »Dann wird sie morgen Abend oder Donnerstag früh zugestellt. Und was den Moment der Explosion betrifft, so sagen wir Freitagmittag punkt zwölf. Um diese Stunde ist der Dechant immer zu Hause.«

»Freitagmittag«, wiederholte Herr Winckelkopf und machte eine Notiz in ein großes Hauptbuch, das auf einem Schreibtisch beim Kamin lag.

»Und nun lassen Sie mich wissen«, sagte Lord Arthur und stand von seinem Stuhl auf, »was ich Ihnen schuldig bin?«

»Es ist eine solche Lappalie, Lord Arthur, dass ich nichts daran verdienen will. Das Dynamit kostet sieben und sixpence, die Uhr macht drei Pfund zehn, Emballage und Porto 5 Shilling. Es ist mir nur um das Vergnügen zu tun, einem Freund des Grafen Rouvaloff einen Gefallen zu erweisen.«

»Und Ihre Mühe, Herr Winckelkopf?«

»Oh, das ist nichts. Es ist mir wirklich ein Vergnügen. Ich arbeite nicht für Geld, ich lebe nur für meine Kunst.«

Lord Arthur legte 4 Pfund, 2 Shilling und 6 Pence auf den Tisch, dankte dem kleinen deutschen Herrn für seine Liebenswürdigkeit und, nachdem es ihm geglückt war, eine Einladung zu einem kleinen Anarchistentee für den nächsten Sonnabend mit einer gut erfundenen Ausrede abzulehnen, verließ er das Haus und ging in der Richtung des Parks nach Hause.

In den nächsten zwei Tagen war er in einem Zustand höchster Aufregung und am Freitag um zwölf Uhr fuhr er in seinen Klub, um dort auf Nachrichten zu warten. Den ganzen Nachmittag schlug der dumme Portier Telegramme aus allen Teilen des Landes an, mit den Resultaten der Pferderennen, Urteilen in Ehescheidungssachen, mit Wetterberichten und Ähnlichem, indes auf dem schmalen Band im Telegrafenapparat langweilige Details über eine Nachtsitzung im Unterhaus und eine kleine Panik auf der Börse erschienen. Um vier Uhr kamen die Abendblätter und Lord Arthur verschwand in der Bibliothek mit dem ›Pall Mall‹, der ›St. James Gazette‹, dem ›Globus‹ und dem ›Echo‹ unter dem Arm, zur ungeheuren Entrüstung des Colonel Goodchild, der den Bericht über die Rede lesen wollte, die er diesen Morgen im Mansion House gehalten hatte. Aber keine der Zeitungen enthielt die geringste Anspielung auf Chichester und Lord Arthur fühlte, dass das Attentat misslungen sein musste. Das war ein furchtbarer Schlag für ihn und eine Zeit lang fühlte er sich ganz niedergedrückt. Herr Winckelkopf, den er am nächsten Tag aufsuchte, strömte vor Entschuldigungen über und bot ihm zum Ersatz eine andere Uhr an, ganz kostenlos, oder eine Schachtel mit Nitroglyzerinbomben zum Selbstkostenpreis. Aber Lord Arthur hatte alles Vertrauen in die Sprengstoffe verloren und Herr Winckelkopf selbst gab zu, dass heutzutage alles so gefälscht werde, dass man selbst Dynamit kaum in einem brauchbaren Zustand erhalten könne. Der kleine deutsche Herr räumte zwar bereitwillig ein, dass irgendetwas in der Maschinerie nicht gestimmt haben müsse, aber er gab die Hoffnung nicht auf, dass die Uhr doch noch losgehen könnte, und zitierte als Beispiel einen Barometer, den er einmal an den militärischen Gouverneur von Odessa geschickt habe und der so gestellt war, dass er in zehn Tagen explodieren musste, der es aber erst nach etwa drei Monaten tat. Allerdings wurde, als der Barometer endlich losging, nur ein Hausmädchen in Stücke zerrissen, denn der Gouverneur hatte die Stadt bereits vor sechs Wochen verlassen. Aber es wurde dabei doch mindestens offenbar, dass Dynamit als zerstörende Kraft unter der Kontrolle der Maschine ein mächtiger, wenn auch etwas unpünktlicher Faktor ist. Lord Arthur war durch diese Bemerkung einigermaßen getröstet, aber auch hier drohte ihm bald die Enttäuschung, denn als er zwei Tage später die Treppe hinaufstieg, rief ihn seine Mutter in ihr Boudoir und zeigte ihm einen Brief, den sie eben aus der Dechanei erhalten habe.

»Jane schreibt entzückende Briefe«, sagte die Herzogin. »Du musst den hier wirklich einmal lesen. Er ist genau so gut wie die Romane, die wir aus der Leihbibliothek bekommen.«

Lord Arthur nahm den Brief aus ihrer Hand, der folgendermaßen lautete:

»Dechanei, Chichester,
27. Mai.

Teuerste Tante!

Ich danke Dir vielmals für das Flanell für die Dorcas-Gesellschaft und auch für das Baumwollzeug. Ich bin ganz Deiner Meinung und finde auch, dass es Unsinn ist, wenn die Leute hübsche Sachen tragen wollen, aber jeder ist heute so radikal und unreligiös, dass es schwer ist, ihnen begreiflich zu machen, es sei nicht passend, wenn sie sich wie die besseren Leute kleideten. Ich weiß wirklich nicht, wohin wir noch kommen werden. Wie Papa so oft in seinen Predigten sagt: Wir leben in einer Zeit des Unglaubens.

Wir haben großen Spaß gehabt mit einer Uhr, die ein unbekannter Verehrer am letzten Donnerstag Papa geschickt hat. Sie kam in einer frankierten Holzschachtel aus London. Und Papa meint, der Absender müsse jemand sein, der seine bemerkenswerte Predigt ›Ist Zügellosigkeit Frechheit?‹ gelesen hat, denn auf der Uhr stand die Figur eines Frauenzimmers und Papa sagte, dass sie die Freiheitsmütze auf dem Kopf trage. Ich fand die Figur nicht gerade sehr passend, aber Papa sagte, sie sei historisch, und so war wohl alles in Ordnung. Parker packte die Uhr aus und Papa stellte sie auf den Kaminsims in der Bibliothek. Dort saßen wir alle am Freitagvormittag, und gerade als die Uhr zwölf schlug, hörten wir ein schnurrendes Geräusch. Eine kleine Rauchwolke kam aus dem Postament der Figur und die Göttin der Freiheit fiel herunter und ihre Nase zerbrach am Kaminvorsetzer. Marie war ganz außer sich, aber die Sache war so komisch, dass James und ich in lautes Lachen ausbrachen und auch Papa seinen Spaß daran hatte. Als wir die Geschichte näher untersuchten, fanden wir, es sei eine Art von Weckeruhr. Wenn man sie auf eine bestimmte Stunde stellt, ein bisschen Schießpulver und ein Zündhütchen unter einen kleinen Hammer legt, so geht sie pünktlich los. Papa sagte, sie dürfe nicht in der Bibliothek bleiben, weil sie zu sehr spektakle. So nahm sie Regine mit ins Schulzimmer und machte dort den ganzen Tag nichts als kleine Explosionen. Glaubst Du, dass sich Arthur über solch eine Uhr als Hochzeitsgeschenk freuen würde? Ich glaube, diese Uhren sind in London jetzt Mode. Papa meint, dass sie sehr viel Gutes stiften könnten, denn sie zeigen, dass die Freiheit keinen Bestand hat, sondern fallen muss. Papa sagt, dass die Freiheit zur Zeit der französischen Revolution erfunden wurde. Wie schrecklich!

Ich gehe setzt in die Dorcas-Gesellschaft, wo ich den Leuten Deinen sehr lehrreichen Brief vorlesen werde. Wie wahr, liebe Tante, ist doch Dein Gedanke, dass sie in ihrer Lebensstellung keine gut sitzenden Kleider zu tragen brauchen. Ich muss wirklich sagen, dass ihre Kleidersorge einfach unsinnig ist, da es doch so viele wichtigere Dinge gibt, sowohl in dieser Welt wie in jener. Ich freue mich sehr, dass der geblümte Popelin so gut aushielt und dass Deine Spitzen nicht zerrissen sind. Ich werde jetzt meine gelbe Seide tragen, die Du so lieb warst, mir zu schenken, bei Bischofs am Mittwoch, und ich glaube, mein Kleid wird sich recht gut machen. Meinst Du, dass ich Schleifen nehmen soll, oder nicht? Jennings sagt, dass jetzt alle Welt Schleifen trägt und dass der Unterrock plissiert sein müsse. Soeben hat Regine wieder eine Explosion gemacht und Papa bestimmt, dass man die Uhr jetzt in den Stall schaffen muss. Ich glaube, dass sie Papa nicht mehr so gern hat wie anfangs, obwohl er sich sehr geschmeichelt fühlt, dass man ihm solch ein hübsches und geistvolles Spielzeug geschickt hat. Es zeigt nur wieder, dass die Leute seine Predigten lesen und Nutzen daraus ziehen.

Papa schickt beste Grüße, ebenso James, Regine und Maria. Ich hoffe, dass es Onkel Cecil mit seiner Gicht besser geht und bleibe, teure Tante, Deine Dich innigst liebende Nichte

Jane Percy.

PS: Bitte sage mir Deine Meinung bezüglich der Schleifen. Jennings bleibt dabei, dass sie Mode sind.«

Lord Arthur blickte so ernst und trostlos auf den Brief, dass die Herzogin in Lachen ausbrach.

»Mein lieber Arthur«, rief sie, »ich werde dir nie wieder Briefe von jungen Damen zeigen. Was soll ich aber über die Uhr sagen? Das ist eine hübsche Erfindung, ich möchte auch so eine haben.«

»Ich halte nicht viel davon«, sagte Lord Arthur mit einem traurigen Lächeln, küsste seiner Mutter die Hand und verließ das Boudoir.

Als er oben in seinem Zimmer angekommen war, warf er sich auf das Sofa und seine Augen füllten sich mit Tränen. Er hatte getan, was in seinen Kräften stand, um den Mord zu begehen, aber beide Male war es ihm misslungen und wahrhaftig nicht durch seine Schuld. Er hatte versucht, seine Pflicht zu tun, aber es schien, als ob das Schicksal treulos an ihm handle. Ihn ängstigte das Gefühl, dass seine guten Vorsätze nutzlos gewesen waren und dass sich seine Versuche, korrekt zu sein, als vergebliche Mühe erwiesen hatten. Vielleicht wäre es besser, die Verlobung ein für alle Mal aufzuheben. Sybil würde gewiss leiden, aber Leid konnte einer so edlen Natur wie der ihren nichts anhaben. Und er selbst? Was weiter? Es gibt immer einen Krieg, in dem ein Mann sterben kann, immer eine Sache, für die ein Mann sein Leben opfern kann, und da ihm das Leben keine Freude mehr machte, so hatte auch der Tod keine Schrecken für ihn. Das Schicksal sollte nur seines Amtes walten. Er würde nichts tun, um es darin zu unterstützen.

Um halb sieben kleidete er sich an und ging in den Klub. Surbiton war mit einer Menge junger Leute da und er musste mit ihnen speisen. Ihr triviales Gespräch und die faulen Witze interessierten ihn nicht, und als der Kaffee aufgetragen wurde, erfand er eine Ausrede, um rasch fortzukommen. Als er den Klub verlassen wollte, übergab ihm der Portier einen Brief. Er war von Herrn Winckelkopf, der ihn einlud, ihn am nächsten Abend zu besuchen. Er wolle ihm einen Explosivschirm zeigen, der losging, sobald man ihn öffnete. Es wäre die letzte Erfindung und soeben erst aus Genf eingetroffen. Er riss den Brief in Stücke. Er war entschlossen, mit Dynamit keine weiteren Versuche mehr zu machen. Dann ging er hinunter zum Themseufer und saß stundenlang am Fluss. Der Mond schaute durch eine Mähne flammender Wolken hindurch wie das Auge eines Löwen, und zahllose Sterne funkelten wie Goldstaub, den man über eine purpurne Kuppel ausstreute. Dann und wann stieß eine Barke hinaus in den rauschenden Strom und schwamm dahin mit der Flut und die Eisenbahnsignale wechselten zwischen grün und rot, wenn die Züge rasselnd über die Brücke liefen. Nach einiger Zeit schlug es vom hohen Westminsterturm zwölf Uhr und bei jedem Ton der dröhnenden Glocke schien die Nacht zu zittern. Dann erloschen nach und nach die Eisenbahnlichter, eins ums andere, und nur eine einsame Lampe brannte weiter und glühte wie ein großer Rubin an einem Riesenmast, und der Lärm der Stadt wurde schwächer und schwächer.

Um zwei Uhr stand er auf und ging in Richtung Blackfriars. Wie unwirklich alles aussah! Wie glich doch alles einem seltsamen Traum! Die Häuser auf der anderen Seite des Flusses schienen aus der Finsternis herauszuwachsen und es war, als hätten Silber und Schatten die Welt neu geformt. Die mächtige Kuppel von St. Paul war durch die nebelige Luft wie eine Wasserblase anzusehen.

Als er sich der Nadel der Kleopatra näherte, sah er einen Mann über die Brüstung gebeugt stehen, und als er näher kam, schaute der Mann auf und das Licht der Gaslaternen fiel voll auf sein Gesicht.

Es war Mr Podgers, der Chiromantist. Das dicke, runde Gesicht, die goldene Brille, das matte Lächeln, der sinnliche Mund waren nicht zu verkennen.

Lord Arthur blieb stehen. Eine glänzende Idee schoss ihm durch den Kopf und leise schlich er sich hinter Mr Podgers. Im Nu hatte er ihn bei den Füßen gepackt und in die Themse geworfen. Ein rauer Fluch, ein schweres Aufklatschen und alles war still. Lord Arthur blickte dem Fallenden ängstlich nach, aber er sah vom Chiromantisten nur noch einen hohen Hut, der in einem Wirbel des mondbeschienenen Wassers tanzte. Nach einiger Zeit verschwand auch der Hut und von Mr Podgers war keine Spur mehr sichtbar. Einen Augenblick glaubte er zu sehen, wie die dicke, unförmige Gestalt aus dem Wasser nach der Treppe bei der Brücke griff, und eine furchtbare Angst, dass wieder alles misslungen sei, kam über ihn, aber es stellte sich als eine bloße Einbildung heraus, die vorüberging, als der Mond hinter einer Wolke hervortrat. Endlich schien er erfüllt zu haben, was ihm das Schicksal bestimmt hatte. Ein tiefer Seufzer der Erleichterung hob seine Brust und Sybils Name kam auf seine Lippen.

»Haben Sie etwas fallen lassen, Sir?«, sagte plötzlich eine Stimme hinter ihm.

Er wandte sich um und sah einen Polizisten mit einer Blendlaterne.

»Nichts von Bedeutung«, antwortete er lächelnd, rief eine vorüberfahrende Droschke an, sprang hinein und befahl dem Kutscher, zum Belgrave Square zu fahren.

Während der nächsten Tage schwankte er zwischen Furcht und Hoffnung. Es gab Zeiten, wo er fast glaubte, Mr Podgers müsse jeden Augenblick ins Zimmer treten, und dann fühlte er wieder, dass das Schicksal zu ihm nicht so ungerecht sein könne. Zweimal ging er zur Wohnung des Chiromantisten in der West Moon Street, aber er brachte es nicht über sich, die Glocke zu ziehen. So sehnte er sich nach Gewissheit und fürchtete sie dennoch gleichzeitig.

Endlich kam die Gewissheit. Er saß im Rauchzimmer seines Klubs und trank seinen Tee und hörte zerstreut zu, wie Surbiton vom letzten Couplet in der Gaiety erzählte, als der Diener mit den Abendblättern hereinkam. Er nahm die ›St. James Gazette‹ zur Hand und blätterte verdrossen darin, als eine merkwürdige Überschrift seinen Blick fesselte:

»Selbstmord eines Chiromantisten.«

Er wurde blass vor Aufregung und begann zu lesen. Der Artikel lautete:

»Gestern früh um sieben Uhr ist der Körper von Mr Septimus R. Podgers, dem berühmten Chiromantisten, bei Greenwich, gerade gegenüber dem Ship Hotel, ans Ufer gespült worden. Der Unglückliche wurde seit einigen Tagen vermisst und in chiromantistischen Kreisen war man seinetwegen in größter Besorgnis. Es ist anzunehmen, dass er infolge einer durch Überarbeitung erfolgten geistigen Störung den Selbstmord beging, und in diesem Sinne hat sich auch der Totenbeschauer ausgesprochen. Mr Podgers hatte soeben ein großes Werk über die menschliche Hand vollendet, das demnächst erscheinen und gewiss großes Aufsehen erregen wird. Der Verstorbene war 65 Jahre alt und es scheint, dass er keine Verwandten hinterlassen hat.«

Lord Arthur stürzte aus dem Klub, die Zeitung noch immer in der Hand, zur großen Verwunderung des Portiers, der ihn vergeblich aufzuhalten suchte, und fuhr sofort zur Park Lane. Sybil sah ihn vom Fenster aus und eine innere Stimme sagte ihr, dass er gute Nachrichten brachte. Sie lief hinunter, ihm entgegen, und als sie sein Gesicht sah, wusste sie, dass alles gut stand.

»Meine liebe Sybil«, rief Lord Arthur, »wir heiraten morgen!«

»Du dummer Junge, und die Hochzeitskuchen sind noch nicht einmal bestellt«, sagte Sybil und lachte unter Tränen.

6

Als drei Wochen später die Hochzeit stattfand, war St. Peter gedrängt voll von einem Schwarm eleganter Leute. Der Dechant von Chichester vollzog die heilige Handlung in eindrucksvollster Weise und alle Welt war sich einig, dass man kein hübscheres Paar sehen konnte als Braut und Bräutigam. Aber sie waren mehr als hübsch, denn sie waren glücklich. Keinen Augenblick bedauerte Lord Arthur alles, was er um Sybils willen erlitten hatte, indes sie ihm das Beste gab, was eine Frau einem Mann geben kann: Anbetung, Zärtlichkeit und Liebe. Für sie beide hatte die Realität des Lebens seine Romantik nicht getötet. Sie fühlten sich immer jung.

Einige Jahre später, als ihnen bereits zwei schöne Kinder geboren waren, kam Lady Windermere auf Besuch nach

Alton Priary, einem entzückenden alten Schloss, das der Herzog seinem Sohn zur Hochzeit geschenkt hatte. Und als sie eines Nachmittags mit Lady Arthur unter einer Linde im Garten saß und zusah, wie der Junge und das Mädel gleich munteren Sonnenstrahlen in der Rosenallee spielten, nahm sie plötzlich die Hände der jungen Frau in die ihren und sagte:

»Bist du glücklich, Sybil?«

»Natürlich bin ich glücklich, teuerste Lady Windermere. Sind Sie es nicht?«

»Ich habe keine Zeit, glücklich zu sein, Sybil. Ich habe immer den letzten Menschen gern, den man mir vorstellt. Aber es gilt als Regel bei mir, dass ich immer gleich von allen Leuten genug habe, sobald ich sie näher kenne.«

»Und Ihre Löwen befriedigen Sie nicht mehr, Lady Windermere?«

»O Gott, nein. Löwen sind gerade gut genug für eine Saison. Sind erst ihre Mähnen beschnitten, so sind sie die dümmsten Wesen auf der Welt. Überdies benehmen sie sich ziemlich schlecht, wenn man nett zu ihnen ist. Erinnern Sie sich noch an den grässlichen Mr Podgers? Er war ein schrecklicher Schwindler! Natürlich ließ ich ihn nichts merken, und selbst wenn er Geld von mir verlangte, verzieh ich ihm. Aber ich konnte es nicht leiden, wenn er mir den Hof machte. Er hat es so weit gebracht, dass ich die Chiromantie hasse. Ich mache jetzt in Telepathie, das ist viel amüsanter.«

»Sie dürfen hier nichts gegen Chiromantie sagen, Lady Windermere. Das ist der einzige Gegenstand, auf den Arthur nichts kommen lässt. Ich versichere Ihnen, dass es ihm damit vollkommen Ernst ist.«

»Du meinst doch nicht etwa, Sybil, dass er wirklich daran glaubt?«

»So fragen Sie ihn doch selbst, Lady Windermere. Hier ist er.« Und Lord Arthur kam, mit einem großen Strauß gelber Rosen in der Hand, den Garten herauf, und seine zwei Kinder tanzten um ihn her.

»Lord Arthur!«

»Ja, Lady Windermere?«

»Sie wollen mir doch nicht einreden, dass Sie wirklich an Chiromantie glauben?«

»Aber freilich!«, antwortete der junge Mann lächelnd.

»Aber warum denn?«

»Weil ich der Chiromantie das ganze Glück meines Lebens verdanke«, murmelte er und warf sich in einen Korbsessel.

»Was verdanken Sie ihr denn, lieber Lord Arthur?«

»Sybil«, sagte er und überreichte seiner Frau die Rosen und schaute in ihre blauen Augen.

»Welch ein Unsinn!«, rief Lady Windermere. »Ich habe in meinem ganzen Leben noch nicht solchen Unsinn gehört.«